花とアリス殺人事件

the case of hana & alice

OTSUICHI

乙一

原作 岩井俊二

小学館

花とアリス殺人事件

装幀　山田満明

一章

1

新居となる一戸建ての玄関先に表札は見当たらなかった。前に住んでいた家族が、引っ越していくときに外したのだろう。トラックから私の自転車が引っ張り出されている。それに乗ってちょっとひとまわりしてもどってくると、母が引っ越し業者の人と家の前で話していた。私は先に家に入って、まだ、がらんとしている空間をながめる。

一階に広いリビングがある。おもわずバレエを踊った。何もない板の間は、すこし前まで通っていたバレエ教室をおもいださせる。片足で立ち、もう片方の足を後方にまっすぐのばす。なめらかに、すべるような動作で回転し、部屋の端から端へ移動した。体がひろがる。植物が夜明けに蔦《つた》をのばすように。鳥が翼に風をはらんで飛ぶときみたいに。片足を軸にして一回転すると、回転木馬からながめる世界のように、ぐるりと視界がまわる。そのとき窓のむこうに気になるものを見た。

新居の窓にはカーテンというものがなかった。外から明るい日差しが入り放題となっている。窓辺にちかづくと、となりの家が見えた。二階にカーテンの閉ざされた窓があり、そこに人がいて、こちらをじっとのぞいているような気配がある。ほんのすこし、カーテンがゆれたのだ。窓はしまっているから風のせいではない。

「かあちゃん！　かあちゃん！」

「なあに？」

二階からのんびりとした返事がある。荷物運びをしていた引っ越し業者の人を押しのけて階段をあがる。母は二階の一室で段ボール箱から衣類を出していた。

「だれかいる。となりのうちに、だれかいる」

「そりゃあ、いるでしょう。人が住んでるんだもの」

「でも、カーテンの隙間《すきま》からのぞいてた」

「それがどうかした？」

「きもちわるいじゃんか」

「カーテンを開けてまじまじと見られるほうがきもちわるくない？」

「そりゃそうだけどさあ。なんか一方的にこっちだけ見られてるっていうのが、いやじゃない？」

「じゃあ、のぞき返してやれば？」

母は興味がなさそうに作業をつづける。私はすこしかんがえて、母の言葉にも一理あるとおもった。からっぽの段ボール箱が母の部屋にころがっている。私は指をぱちんと鳴らし、それをつかんで隣家の見えるベランダへとむかう。視線の正体をさぐるためだ。

入手した段ボール箱はおおきなサイズだったので、かくれるのに不都合はない。問題はベランダの囲いの高さである。そこが柵《さく》のような造りであれば、隙間から隣家をのぞくこともできただろう。しかし新居のベランダの囲いは、おへそくらいの高さのひとつづきの壁である。そのまま箱を置いたのでは視線がさえぎられてしまう。

引っ越し業者の人が中身のつまった段ボール箱をはこんできた。ためしにそいつをふたつほどベランダに積み上げ、最上段にからっぽの箱をのせてみる。ようやくベランダの囲いよりも高い位置に達して、さえぎるものはなくなった。これで良し。

開いている面が手前側、底の面が隣家にむくような形で箱を立てる。その中に入り息をひそめた。箱の底をとじていたガムテープがはがれかけて隙間ができていたので、指先でその部分をひろげてみた。すっかり充分なのぞき穴ができて、そこを通ってきた外の日差しが、箱の内側に光の筋をのばす。私はそこに目をちかづけて、隣家の窓辺にうごきがないかを見張った。

背中側は箱がひらいているため、室内を行き来する引っ越し業者の人の気配や視線を感じる。ひそひそ声でみんなが何かをしゃべっていた。後に母からおしえてもらったが、ベランダに箱を積んでそのなかに正座している私の姿はちょっと異様だったらしい。だけどその日の私はそんなことおかまいなしに、箱のなかのうす暗い空間で、外につながるのぞき穴と対峙《たいじ》していたのだ。

十月のすこしだけ肌寒い日だった。だけど箱のなかはあたたかい。暗くて、すこしだけきゅうくつで、居心地はわるくなかった。ずっとそこにとどまっていたいとさえおもう。ちいさな穴から外界をのぞきながら、母親のおなかのなかにいる赤ん坊はきっとこんな感覚なんだろうなとおもう。

やがて隣家の二階のカーテンがすこしゆれた。私は呼吸をとめて穴のむこうを凝視する。カーテンのあわさっている部分に、ほそい指がひっかけられ、ひろげられた。

室内の暗がりから、少女の顔があらわれる。秋の日差しのなかに出てきて、まぶしそうに顔をしかめた。私とおなじくらいの年齢だろうか。少女は私と母の新居を見ている。私は段ボール箱の底に顔を密着させる。少女の顔立ちをもっとよくながめたかった。猫科の動物をおもわせる、つんとした目だ。髪はぼさぼさで寝癖がついている。少女の視線が、ふいに私のいるベランダへとむけられた。けげんな表情になり、それから、おどろいたように口をあける。目があった、とおもったのは一瞬のことで、次の瞬間、視界が下方向へぐるりと回転する。

私がもっとよく見ようと身を乗り出しているうちに、隠れていた空き箱がベランダの外にむかってたおれこんでしまったのだ。あわてて身をひこうとするも、すでにおそかった。箱はベランダの囲いよりも高い位置にあったものだから、どこかに引っかかって止まることもなく、私を中に入れたまま、ベランダの外へ落下したのである。

死というものを感じる。二階の高さだから数メートルの落差しかないけれど、それでも恐怖はあった。私はベランダの縁につかまることができて、すこしの間、ぶらさがった。からっぽの箱だけが地面へとさきに落ちていった。だけど手がしびれてきて、ついに指先がベランダの縁からはなれてしまう。

実際は、ほんの一瞬の短い時間だったにちがいない。だけど長いこと落下していたようにおもう。足下に地面のない状態。垂直に落下している間、私の全身はこの世界のどこにも触れていなかった。手をのばしても空をきるだけで何もつかめない。私は宙ぶらりんで、ただ落ちるだけ。あれとおなじだ。兎《うさぎ》を追いかけていって穴に落ちていった、あの有名な物語の主人公と。あの子は穴に落ちた先で、不思議の国に迷いこみ、奇妙な登場人物たちと出会ったわけだが。

「よかったねえ、きみ、怪我《けが》しなくて」

宅配ピザを食べながら母がわらう。荷ほどきの終わっていない台所で私たちは夕飯をとっていた。

「もういいじゃんよ、かあちゃん。いつまで笑ってんだよ」

「引っ越し屋さんがいなかったら、きみ、病院にはこばれてたかもよ」

二階のベランダから転落した私は、通りかかった引っ越し作業員の上に落ちた。その人は腰をやられたが、おかげで私は無事に地面へと着地することができたのである。

母がピザ屋さんから割引券のついたチラシをもらっていた。私はそれを引き出しに保管する。この地域に食事を配達してくれる店をしらべておかなくてはいけない。母はほとんど料理をしない人だ。たまにやる気を出して包丁をにぎったかとおもえば、指を切って救急車を呼んだりする。だから私が夕飯を作らない日、宅配ピザの割引券が家計を救ってくれるはずだ。

新居の玄関の呼び鈴が鳴った。耳慣れない音だったので、とっさに呼び鈴とは気付かない。だれかがうちを訪ねてきたらしい。「はーい！」とにこやかに母が返事をして、私を見る。私は椅《い》子《す》を立ち玄関にむかった。

扉を開けると玄関先に薔薇《ばら》の鉢を持った女性が立っている。上品だけど目元のきつい印象の人だった。薔薇の鉢は一株だけのちいさなもので、私が会釈すると女性は笑顔で言った。

「となりの荒井《あらい》です。これ、お引っ越しのお祝い。うちで作った薔薇です。どうぞこれ、お部屋に飾って」

荒井と名乗った女性は私に鉢を持たせる。となりの家というと、カーテン越しにこちらをのぞいていた少女の家だろうか。私はお礼を言って母を呼ぶ。

「かあちゃん、おとなりさんだよ！」

しかたなさそうな雰囲気で母がやってくる。玄関先で荒井さんとの交流がはじまった。ご近所づきあいは母の苦手とするものだった。母はすこし浮き世離れしたところがあり、もうそんな年齢でもないというのにひらひらした服を着ることがある。すこし少女趣味の入った服だ。ご近所さんとうまくやっていけるだろうか。

母が荒井さんとおしゃべりしている横で、私は薔薇の花を見つめる。濃い赤色の花びらが渦をまくように咲いていた。


浴槽からあふれたお湯が、丸い排水口に流れていく。お風呂《ふろ》で疲れを癒《い》やし、ドライヤーで髪をかわかして、自分の部屋で休むことにした。前の家から持ってきたカーテンをひとまずベランダに面した窓にかけておく。サイズがちがっているため、床から十センチほど隙間があいていた。

段ボール箱を開封し、勉強道具やら漫画やらを整理する。梱包材《こんぽうざい》にくるんでいた小物や写真立てを机の上にならべる。衣類をだして、しわをのばし、部屋にそなえつけのクローゼットのハンガーにかけていたときだ。高い位置に棚板が設置してあったのだが、そこに紙袋らしき荷物が横たわっていることに気付く。

前の住人のわすれものだろうか。つま先だちをして手をのばすと、紙袋の取っ手に指が引っかかって、どさどさと中身をまきちらしながらふってきた。ただよった埃《ほこり》をはらいながら確認すると、学校でくばられる類《たぐ》いの大量のプリントや答案用紙だった。試験の答案用紙はどれも十五点とか二十点とか散々な結果のものばかりだ。名前も記入されている。もちろん見知らぬ名前だ。部屋の床や壁に、いくつかちいさな傷がのこっている。この部屋を使用していた人物が、生活しているなかで自然とついてしまった傷だろう。どんな人がこの部屋で暮らしていたのだろうか。その人物がわすれていった荷物は、捨てずに元の場所へもどしておいた。

そのときはまだしらなかった。その人物の辿《たど》った運命を。ある殺人事件の存在を。だけど私は、じきに否応なく巻きこまれてしまうのだ。

2

転校初日、母に連れられて私は家を出た。ブレザーの制服は、以前に通っていた学校のものである。坂道を下るとき見晴らしのいい景色がひろがった。ガードレールにそってあるきながら母がつぶやく。

「田舎ねえ」

「そうかなあ」

そんなに田舎という感じでもない。コンビニエンスストアもあるし、住宅地もひろがっている。前に住んでいた町が都会すぎたのだろう。

「かあちゃん、遠いね、中学校」

「近くに建てる計画はあったんだけど、なくなっちゃったんだって。ピザ屋のお兄さんが言ってた」

「ピザ屋さんをひきとめて世間話するのもうやめない？　むこうだって仕事あるんだからさ」

おそらくピザ屋のお兄さんが若くてハンサムだったのだろう、などと私はかんがえる。

川沿いに桜の木がならんでいた。春になれば、きれいに咲きほこるだろう。電車に乗って私と母はゆられる。改札を出てすこしあるいたところに石ノ森学園中学校はあった。

午前の授業がおこなわれているため校舎内はしずかだ。来客用のスリッパを履いた母と、新品おろしたての上履きを履いた私は職員室へむかう。廊下を移動しながら、開いている窓を見つけて教室をのぞいてみた。授業を受けている生徒たちの姿がある。女子生徒は真っ黒なセーラー服に身を包んでいた。前の学校のブレザーのほうが素敵だ。私はひそかに落胆する。

職員室の引き戸を開けて母が室内をのぞいた。水槽をかかえた男性教師が一人いるだけだ。母は教師に声をかける。

「失礼します。有栖川《ありすがわ》と申します」

「ああ、転入予定の」

前の学校の在学証明書や転入学通知書はすでに提出している。先月のうちにこの学校へ足を運んで校長先生とも挨拶《あいさつ》を済ませていた。母はそれらの手続きをめんどうくさがってやろうとしなかったので、私がせっつかなくてはいけなかった。母は男性教師の持つ水槽をのぞきこむ。

「なんですかこれ」

「カタツムリです」

「カタツムリがお好きなの？」

「授業でつかう教材なんです」

男性教師の顔立ちはどことなく、母の好きな男性俳優に似ていた。そのせいか、ほんとうは興味がないくせに、母はカタツムリに関する質問を男性教師にくりかえす。チャイムが鳴って休憩時間に入ると学校全体がにぎやかになった。職員室に先生方がもどってきたので、男性教師は私の担任となる荻野《おぎの》先生を紹介してくれた。

荻野先生は二十代後半の女性である。母は先生に私を託すと職員室を出て行く。

「がんばってね、徹子《てつこ》」

手をふって母は帰った。

休憩時間が終わるころ、荻野先生に連れられて三年二組の教室へとむかった。そこが私の所属するクラスだ。次の授業で先生は三年二組に国語を教えるという。授業の最初に私を紹介するそうだ。廊下をあるきながら私は次第に緊張してくる。

「わからないことがあったら何でも聞いてね」

荻野先生が言った。ブレザーの裾《すそ》をひっぱりながら私は質問する。

「制服の在庫がなくて入荷に何週間かかかるそうなんです。それまでこれでいいですか？」

「もちろんもちろん。そんなのもちろん大丈夫よ」

三年二組の教室の前まで来ると、まずは荻野先生が先に入った。生徒たちの雑談がぴたりと収まる気配。私は廊下でひとり深呼吸をくりかえした。

先生にうながされ、教室内に足を踏み入れる。初対面の顔が教室にずらりとならんでいた。視線が一斉に自分へとむけられる。

「今日からクラスメイトが増えます。みなさん、仲良くしてくださいね。気になる転校生のお名前はなんでしょう。黒板におおきく名前を書いて、自己紹介お願いね」

荻野先生が私に白いチョークをわたす。私うなずいて黒板にむきなおり、名前を書きはじめた。しかしいきなり失敗してしまう。無意識のうちに書いてしまった父方の姓を、黒板消しで訂正する。先生や生徒たちの視線を気にしながら、あらためて自分の名前を綴《つづ》る。

有栖川徹子。

その字面に実感がともなわない。はたしてこれは私という人間を示すものだろうか。両親の離婚にともない、有栖川という姓になったのは、つい最近のことである。黒板に書いた私の文字が、おもいのほかちいさくなってしまったのは、これが自分の名前だという確信が持てなかったせいだろう。

「じゃあ、有栖川さん、あそこの空いてる席に」

荻野先生が教室の中心あたりを指さす。空席が二つ前後にならんでいた。真ん中の列の前から三番目と四番目だ。私は全員の視線を受けながら机の間を移動して二つの空席にちかづく。どちらの席でもいいのだろうか。ためしに四番目の席を指さして「ここですか?」と先生に目で問いかけてみる。

「そこ、つかってる子がいるの。だからあなたは、ひとつ前の席」

私はうなずいて前から三番目の席にすわった。机の天板を指でなでると、字が書けるほど埃がたまっている。クラスメイトたちが、何かを言いたそうな様子で私を見ている。だけど私が彼らのほうを見れば、みんなそろったように視線をそらす。その様子に奇妙な雰囲気を感じた。ただよそよそしいだけではない。全員が顔をこわばらせている。まるでなにかを、おそれるように。

給食の時間になっても話しかけてくる人はいなかった。午後の授業を受けて放課後になり、ちょっとした出来事がおきる。石ノ森学園中学校では、放課後に数名の掃除当番が教室の清掃をおこなうシステムだった。まずは机を後方に寄せて、ひらけた前半分の空間にモップをかける。黙々と掃除をする生徒たちに、私はちかづいた。

「私も掃除当番なんだけど、何したらいいかな?」

机の並びで班分けがされており、私の所属する二班が今週の掃除当番だったのだ。さぼって帰ったら転入初日から悪い印象をのこしてしまうだろう。私に話しかけられた女子生徒は、とまどった様子を見せる。持っていたモップを差し出して言った。

「……えっと、じゃあ、これつかって」

「ありがとう」

受け取ろうとしたら、私がつかむよりもさきに、女子生徒はモップの柄をはなした。手をひっこめ、私から距離をおくようにうしろへさがる。結果的にモップは支えるものがなくなってたおれてしまい、固い音をひびかせた。他の掃除当番が手をとめ、息を殺すように私の反応をうかがっている。

でたよ。でたでた。これ、転校生いじめってやつじゃないのか？

モップから手をはなした女子生徒は、接触をさけたように見えた。まるで私が病原菌を持った患者だとでも言うように。だけど気にしないふりをしてモップをひろう。転入初日にいきなりブチ切れるわけにはいかないのだ。

下を向いて無言で床を拭《ふ》いていたら、あることに気付いた。机をはこんでいた掃除当番が、教室の真ん中のふたつの席だけほったらかしにしている。私の席と、そのひとつ後ろの席だ。わすれられているだけ、という可能性はありえない。なぜなら、前から一番目と二番目の机は後方に寄せられているからだ。ふたつの席をよけて、わざわざ遠回りして運ばれているわけだから、これは意図的なものだろう。私はため息をつくと、前後に並んだふたつの机のうち、後ろの方に手をかけてはこぼうとする。しかし他の掃除当番から声をかけられた。

「それ、さわっちゃだめ！」

仕方なく自分の机をうごかそうとしたら、今度は別の掃除当番がさけぶ。

「それもだめ！」

「どうして？」

私はだんだん、いらついてきた。返答はない。その場にいた掃除当番の数名は困惑した様子で目をそらすだけだ。しかたなく机の位置はそのままにモップをかける。よく見ると、のこされたふたつの席の周辺だけ床のよごれがひどい。ずっと以前からここだけ掃除がなされていなかったらしい。

私はモップでごしごしと床をこすった。次第によごれが落ちて、きれいな床面になってくる。そのとき、奇妙な落書きがよごれの下からうかびあがってきた。どうやら油性のマーカーで床に書かれたものらしい。位置的に私が座る場所の真下である。

「ねえ、これ、なに?」

掃除当番のクラスメイトたちに聞いた。彼らは緊張の面もちで私の行動を見つめていたが、おびえたように口をつぐんでいる。私はモップを手にしたまま、かがんでそれに顔をちかづけた。

その落書きは、CDとおなじくらいのサイズだ。それほどおおきなものではないから今まで気付かなかった。書かれてある内容が、バカとか、アホとか、他人をおとしめる類いの言葉だったなら戸惑いはしなかった。このクラスではいじめに近しいことがおこなわれており、その結果、このふたつの席に座っていた生徒が学校に来なくなったとか転校していったとかそういう顛末《てんまつ》が想像できる。だけど床にマジックで書かれていたのは奇妙な文様だった。

三角形をふたつ組み合わせたような、いわゆる六芒星《ろくぼうせい》を中心に、何重もの円が描かれている。よくわからない言語や記号で円の周囲に装飾がなされていた。少女向けのホラーコミックを読んでいたからわかったのだが、たぶんそれは黒魔術に使うような魔法陣である。なぜ魔法陣が私の席の下に描かれているのだろう? その問いかけにこたえてくれる者はいなかった。

日が暮れて、川をわたる電車の窓の外は、一面の暗闇におおわれている。スーパーでお総菜を買って家にもどった。ご飯を炊いておいてと電車からメールしておいたのに母はそれをさぼっていた。お米をといでいると、お風呂上がりの母がタオル地のガウンにくるまれた状態でやってくる。冷蔵庫から缶ビールを取り出して言った。

「学校、どうだった？」

「最悪」

「なんで？」

「それがさあ、よくわかんないんだよねえ」

クラスメイトたちの奇妙な態度や魔法陣らしき落書きのことなど説明するのがむずかしい。つかれていたし、今はやめておこう。白くにごった水を捨てて適量の水を入れた後、炊飯ジャーに釜《かま》をセットする。

「大丈夫、きみなら、すぐにお友だちできるよ」

母は缶ビールを開けて一口、おいしそうに飲んだ。

「だけど私の場合、女の子の友だちはいなかったなあ。男子に好かれる子って、女子に嫌われるの。昔は私って美少女アイドル系だったからね」

「あっそ！」

「きみなら、私とちがって、男子とも女子ともなかよしになれるとおもうの」

「どうせ私は美少女アイドル系じゃないですよ」

寝る前に私はベッドであぐらを組んでホラーコミックを読んだ。主人公の少女が黒魔術で憎い相手を呪《のろ》い殺すという内容のものだ。その漫画の設定によれば、魔法陣はこの世界と魔界とをつなぐ門のような役割をするという。私はため息をついた。いったいどうなってるんだ。だれかがちょうど私の席で、この世界と魔界とをつなげちゃったみたいだぞ。

3

鴉《からす》が不気味に鳴いている。私を観察するように電線の上から真っ黒な瞳《ひとみ》をむけていた。早朝の冷たい風にふるえながら、私は両手にさげたゴミ袋の塊を、この地区のゴミ置き場へと放《ほう》り投げた。鴉対策用のネットがゴミ置き場にそなわっていたので、それをしっかりとかけておく。

「燃えないゴミは水曜日ですよ」

しばらくして玄関先にあらわれた荒井のおばさんは、私の捨てたゴミ袋を両手にさげていた。玄関扉を開けた状態の私の足下にそれを置いて、いらついた様子で帰っていく。

「……すみません」

隣家へと遠ざかる背中に私はあやまった。荒井家では様々な種類の花を育てているらしく、鉢植えが家の前まであふれていた。家の外壁も半分ほどの面積が植物の蔦におおわれている。玄関先にはワイヤーを編んでつくられたような、アルファベットのUをさかさにした形のゲートがあり、植物を絡ませてあった。

それにしても、このゴミ袋が、うちから出たものだとわかったのはなぜだろう。袋をあけて中身を見た様子もない。この地区のどの家が捨てたものかわからないはずなのに。ふと見上げると、隣家の二階の窓辺でカーテンがゆれた。引っ越しの日に目が合った少女の顔をおもいだす。私がゴミ袋を放り投げる瞬間を、あいつが見ていたのかもしれない。それでいて母親に告げ口したのだ。

今もカーテンの隙間からこちらをのぞいているような気がした。私はおもいきりその窓にむかって威嚇する。歯茎をむきだしにして「いーっ!」とさけんだ。

音楽室でリコーダーの練習をした。教師のピアノ伴奏にあわせて私たちは鳥のさえずりをおもわせる音色を出した。以前に通っていた学校でもおそわっていた曲だったので演奏に参加するのは楽だ。椅子の下の魔法陣がうすきみわるかったので、教室を移動するような授業がうれしい。

チャイムが鳴って演奏がおしまいになり、音楽室を出たところで騒動が起きた。

音楽室前の廊下には水飲み場があった。そこで千葉裕也《ちばゆうや》というクラスメイトが、ひとりの女子生徒のリコーダーをうばってはしゃぎだしたのだ。高々とリコーダーをかかげてあっちに行ったり、こっちに行ったりと、にげまわる。

「ちょっと、かえしてよ!」

「やだね! ほれほれ、間接キッス!」

「やめてほんとに、それだけはやめて!」

どうやら千葉裕也という男子生徒はおちょうしものらしい。彼の額や頬《ほお》には無数のにきびの跡があり、月面クレーターのようだった。彼は水飲み場にのぼり、ひょうきんな声を出しながら、女子のリコーダーに口をつける。

持ち主の女子は「かえせ千葉！」とさけんで水飲み場の蛇口からいきおいよく水を出す。指で蛇口の先端をふさぎ、高圧の水が千葉裕也めがけて飛ぶように調節した。もろに水をかぶった千葉裕也は、身をそらした瞬間、足を滑らせて水飲み場から落下する。廊下の床でおしりを強打した。横たわったまま、起き上がれないでいる。数名の男子生徒が彼のもとにかけよる。

「おい大丈夫か？」

「おもいっきりこけたぞ」

派手な転倒だったから、水を飛ばした女子生徒も動揺していた。

「あたしのせいじゃないよね？　あたしやってないよね？」

水飲み場にころがっていたその子のリコーダーをひろって、私は制服の裾で水を拭いた。

「これ」

持ち主の女子生徒に差し出すと、おどろいたように私を見る。一瞬の沈黙をはさみ、首を横にふった。

「それ、あげる」

「え、いらないよ」

女子生徒は受け取ることを拒絶するように手を後ろに回した。

「じゃあ捨てて」

千葉裕也が男子に肩を借りながら立ち上がって保健室の方へ連れて行かれる。女子生徒もまた、彼についていく。その場にはリコーダーを持ったままの私だけがのこされた。私の触れたものは、受け取れないというのか。何なんだよ、もう！　これが漫画だったら、鼻からフンガーと鼻息が出ているところだ。

一日の授業が終了すると学活と呼ばれる時間がある。担任の荻野先生が十分間ほど話をして、生徒たちは帰宅がゆるされる。私は荷物をまとめて下駄箱にむかった。掃除当番はさぼってしまおう。クラスメイトたちの気味悪い視線から一刻もはやく逃げ出したかったのだ。下駄箱で靴を履いていたら、後ろから声をかけられた。

「クロちゃん？」

のんびりとした、やさしい声だった。ふりかえるとツインテールの女の子が首をかしげて立っている。頭の高い位置で左右に一本ずつ髪が束ねられていた。少女は綿菓子みたいな声で言った。

「びっくりしたあ。ひさしぶりだねえ」

「だれだっけ」

顔立ちにすこし見覚えがある。だけどすぐにはおもいだせなかった。まさかこの学校で、私のことを【クロちゃん】と呼んでくれる人がいるなんて。

「おぼえてないの？　長谷川《はせがわ》バレエのお教室でいっしょだったよねえ」

少女はくるりと一回転して見せた。ふわりとスカートがゆれて、そよ風がよぎったような気がする。数年前、バレエ教室でいっしょだった子だと気付いた。

「ああ！　風子《ふうこ》じゃん！　この学校だったんだ！」

風子は背が低く、みんなから妹のようにかわいがられていた。親の転勤にともない、バレエ教室をやめたと聞いていたが、彼女の引っ越し先というのがこの町だったのだろう。

再会をよろこびあって、風子とともに学校を出る。町を案内してくれるというので、まずは商店街にむかった。駅前に店舗のならんだ通りがあり、主婦やサラリーマンや下校中の生徒が行き交っている。

「なんか立ち読みできる本屋とかない？　でないと放課後生きていけないよ」

「クロちゃん、本読むの得意だったもんね。本屋さんだったらここが一番かな」

【妖怪堂書店】という店に案内される。なんだか怪しい雰囲気の外観だったが、私はそういう店がわりと好きだ。店内に入り立ち読みをしていると、風子が一冊の本を持って私の前にやってくる。

「クロちゃん！　これ！」

風子が持っているのは『なんとなく殺人事件』という題名の本だ。こんなレアものがあるとは、この店はマニアックだ。本の著者は【有栖川ありさ】。私の母である。

書店を出て再び商店街をあるいた。風子は甘味処のお店を指さして言った。

「そこ、【河童三平堂】おいしいよ」

「うまそ！　寄ってかない？」

しかし風子は首を横にふる。今からバレエのレッスンがあるのでひかえておくという。風子はまだ、バレエをつづけているのだ。

「クロちゃんは？」

「たぶんもうやんない」

「どうして？　いっしょにやろうよ」

「かあちゃんと相談かなあ」

家計のことが気になってしまう。はたして母の稼ぎだけで生きていけるのだろうか。母の執筆した小説に重版がかかったためしはないのである。しかし風子はしきりに私をさそってくる。この町のバレエ教室は授業料も安いし、先生もおもしろい人だし、私がバレエをやめるのはもったいないと主張する。

「今から見学に来ない？　すぐそこだから」

風子は私の腕をはなそうとしなかった。ひっぱられるように私は風子の通うバレエ教室へと連れて行かれた。【望都バレエ教室】という看板の掲げられた建物は、年季の入ったレトロな雰囲気の洋館だった。中に入るとバレエ教室独特の熱気のこもったにおいが鼻をくすぐる。先生が手をたたいて指導する声が広い空間に反響していた。壁一面が鏡になっており、生徒たちが自分の姿を確認しながら体をうごかしている。生徒は私と同い年くらいの子たちばかりだ。風子は先生に私を紹介する。

「先生、この子、前のお教室で一緒だった黒柳《くろやなぎ》……」

言葉をさえぎって私は声を出す。

「有栖川徹子です」

おじぎをする私の頭からつま先までを、先生の視線が一巡する。先生はまだ若い女性で、ポニーテールを後頭部でねじって巻いている。さばさばした声で先生は言った。

「バレエ歴は?」

「七年です」

「足のサイズはいくつ?」

とまどいながらこたえると、先生はシューズを出して私にほうりなげた。ためしに履いてみると、足をぴったりとつつむ布の感触がなつかしい。ちょっとだけ鏡の前に立ってみる。片足を曲げて、つま先を軸足につけてみる。鏡のなかに立っている自分を見つめる。見学だけのつもりが、風子と先生にのせられ、いつのまにかいっしょにレッスンを受けていた。

外に出ると日が傾いて空がピンク色になっている。風子と途中までいっしょに帰った。電車内はそれほど混んでおらず、乗客は座席にまばらな状態である。風子とじゃんけんをしてあそぶ。負けたほうが罰として電車内で踊らなくてはならないというルールだ。真剣勝負の結果、風子が負けた。最初は、はずかしがっていたが、意を決してバレエのステップをふむ。乗客たちは、あっけにとられた顔で彼女を見ていた。電車内で風子は回転する。結んだ髪とスカートの裾が遠心力でひろがった。やわらかい夕日が窓から差す。ときおり電柱の影が、車両の前方から後方へと横切っていった。

風子の家は我が家からおどろくほどちかかった。町を見渡せる気持ちのいい場所をあるきながら私たちは会話する。

「あそこのおうち、長男はグレて、今は大船のナンバーワンホストなんだって」

「そんな話、聞きたくないから、ふうちゃん」

「クロちゃんって、名前変わったの？」

「もう黒柳じゃないから、クロちゃんって呼び名は変だよ」

「パパとママ、離婚しちゃったの？」

「そんなこと聞かないの、ふうちゃん」

私は風子の頭にやんわりと空手チョップをいれる。気付くと自宅の前にたどりついていた。空はもう暗い。立ち止まり、風子に言った。

「じゃあ、あたしんち、ここだから」

「え？　ここ？　花屋敷のおとなりさん？」

「花屋敷？」

風子はおとなりの荒井家を見ている。そこはちょっとしたジャングルだ。家全体を埋め尽くすように鉢がならび、秋を彩る花が外灯に照らされている。

「ここ、花屋敷って呼ばれてるの。いっつもあの窓から、誰かが外をのぞいてるんだよ。今日はいないみたい」

二階の窓を風子が指さす。植物におおわれた家は、いわれてみれば眠れる森の美女に登場するお城のようだ。窓辺にかけられたカーテンは、ほとんどしめられている。わずかにひらかれたままの隙間には、室内の暗闇があるだけで、だれかがいるようには見えない。しかし、私たちがその窓に視線をむけている最中、ぴったりとカーテンがとじられた。だれもいないというのは誤りだった。そこには人がいて、こちらをのぞいていたのだ。電気もつけず、真っ暗な部屋で。

その夜、バレエの衣装を着て部屋で踊っていたら、物音を察知して母がやってきた。

「何してんの？」

「バレエ教室見学したら踊りたくなっちゃって」

私はベッドに腰かける。

「バレエ教室？　こんな辺鄙《へんぴ》なところにもあるんだ」

「わるくなかったよ」

「また、習いたい？」

「それなりに家計を圧迫するじゃない？」

「そんなこと、きみが気にしなくていいの」

母がとなりにすわった。

「徹子。金は天下のまわりものだよ」

「そういう考え方でよく今まで生きて来れたよ、この人は」

その奇妙な噂《うわさ》を、はじめて耳にしたのは、バレエ教室でストレッチをしているときのことだった。あおむけになり、片足をもう一方の足に巻き付けるようにしながら腰をねじる。床の上で開脚している子が私に話しかけてきた。

「有栖川さん、石ノ森中なの？」

「そうだよ」

「ふうちゃんといっしょね。殺人事件のこと、しってる？」

私はおきあがり、その子にむきなおる。開脚をつづけながらその子は言った。

「石ノ森中殺人事件。そういう噂、あるよね？」

私が首を横にふると、その子は意外そうな顔をする。

「なにそれ、殺人事件って」

「ふうちゃんに聞いてみたら？　私もあの子に聞いたんだ」

ストレッチを中断して私は風子にたずねた。彼女はやわらかい口調でおしえてくれた。

「学校でね、ひとつ上の男子が死んだの」

「いつ？」

「一年前。殺されたのはユダ。ユダって、しってる？」

私は首をふる。

「殺したのもユダ」

「殺したのもユダ？」

「そう。四人のユダ」

「四人のユダ。……四人もユダ！　ユダってなに？　人の名前？」

「聖書に出て来るんだって。ユダに裏切られてキリストは磔《はりつけ》になったの」

「意味わかんない。四人のユダが、ユダを殺したって、どういうこと？」

「たぶん、ユダは五人いたんじゃないかな。その中のひとりが殺されたの」

「殺された上級生って何組の教室の人？」

「たしか、三年二組」

うちと同じクラスじゃないか。ということは、一年前にあの教室で殺人がおこなわれたということだろうか。いや、教室で殺された、などと風子は口にしていないけど。さらに詳しいことを聞こうとしたら、バレエの先生がやってきて手をたたきながら「さあて、はじめるよ」と宣言する。

音楽をかけて、体をうごかす。鏡にうつりこむ自分の姿を見つめながら私はおもう。なんだか、とんでもないとこに引っ越してきちゃったな。

二章

1

その日は朝から曇り空で、夕方ごろから雷雨になるという予報が出ていた。私は傘を持って家を出た。電車で中学校に向かい、三年二組の教室に入ると、すでに数人が登校していた。一年前、この教室で授業を受けていた生徒のひとりが殺されたという。そんな噂《うわさ》を聞いたけれど、はたしてほんとうだろうか。担任の荻野先生もそんな話はおしえてくれなかった。それとも、あまりに不吉な出来事だから、なかったことにされているのだろうか。私は自分の席に鞄《かばん》を置くと、母の部屋の雑然とした化粧台から借りてきた小瓶をポケットから出す。小瓶に入っている透明な液体は、マニキュアを落とすのにつかう除光液だ。

殺されたユダ。

ユダを殺した四人のユダ。

そんなことをぐるぐるとかんがえながらバレエ教室からもどった私は、ユダという人物についてしらべてみようとおもい、分厚い国語辞典をひっぱりだして【ユダ】の項目をひらいてみたのである。するとそのページに見覚えのあるマークの挿絵が掲載されていた。正三角形をふたつ組み合わせたようなその形は六芒星《ろくぼうせい》と呼ばれるものだった。教室の床に描かれていた魔法陣にも、たしか六芒星が使用されていたはずだ。

ユダに関してしらべているうちに、魔法陣へとたどりついてしまった。そのことに私はぞっとさせられる。

六芒星の挿絵は【ユダヤ人】という項目に掲載されている。辞書の説明によれば六芒星はユダヤ人を表す記号であり、ユダヤの星などとも呼ばれているという。【ユダ】と【ユダヤ人】は五十音順にならべたとき、ちかい場所にある。だから同じページに六芒星が掲載されていたのは偶然かもしれない。とはいえ、私の席の真下にある魔法陣の存在が急におそろしくなってくる。消しておいたほうがいいんじゃないか、とおもえてきたのだ。

私は教室で除光液の蓋《ふた》をあける。つんとするにおいが鼻をついた。ガーゼにしみこませ、私の椅子《いす》の真下に位置する六芒星をこすってみる。マジックで描かれたとおもわしき魔法陣は、除光液でごしごしとやっているうちにうすれて消えた。すっかり拭《ふ》き取ってしまうと、晴れ晴れした気持ちになる。

しかし、その日の放課後のことだった。帰りの学活が終了し、学級委員の男子の声にしたがって私たちは起立と礼をする。外では雨がふりはじめていた。夜のような暗さだったので蛍光灯をつけている。担任の荻野先生が教室を出て行った。いつもならクラスメイトたちはにぎやかな声で話をしながら帰り支度をはじめる。だけどその日はちがった。

鞄を出して筆記具やノートをつめこんでいた私はうごきをとめる。なぜか全員、先生がいなくなっても席についたままじっとしている。しずまりかえった教室は緊張をはらんでいた。学級委員の男子が立ち上がり、教室の扉を閉めて、モップでつっかえ棒をする。私の席に女の子がちかづいてきた。

「ちょっといいかしら、有栖川さん」

陸奥睦美《むつむつみ》というクラスメイトだ。転入して間もない私でも彼女の名前はすぐにおぼえることができた。独特の雰囲気をまとっていたから教室内で目立っていたのだ。陸奥睦美の顔は透けるように白く、髪は黒色の直毛だ。カチューシャを頭にはめている。まつげが長く、その目つきはするどい。彼女になにかアイテムを付け足すなら、従者となる黒猫か、調合した毒薬の小瓶がいいだろう。

「ええと……」

言いよどむ私の机に陸奥睦美は腰かけて足を組んだ。気付くと他のクラスメイトは席を立ち、私を取り囲むようにちかづいてくる。椅子に座ったまま私は、居並ぶ彼らを見上げる。蛍光灯の光がクラスメイトたちの顔に真っ黒な影を落としていた。

「有栖川さん、あなたに忠告しておきたいことがある。もしもそれを守れなければ、あなたにはひどい災難がふりかかるでしょう。たとえば……」

陸奥睦美が言い終わる前に私はさけんだ。

「さよなら！」

椅子を蹴《け》るように立ち上がって、クラスメイトをかきわけた。追いすがる手をはらいのけ、教室後方の出入り口へとむかう。逃げなくては危険だと判断したのだ。

「つかまえなさい！」

陸奥睦美の声が飛ぶ。出入り口にちかい場所にいた男子数名が私の先回りをした。たちどまった私の体に女子生徒がしがみつく。

「やめろ！　なんだよっ！　卑怯者《ひきょうもの》！」

わけがわからない。ともかく私は抵抗した。女子生徒をひきはがし、教室中を駆け回った。机の上にのり、突進してきた男子を飛び越える。黒板沿いを駆け抜ける最中、女子数名が私のブレザーをつかんだ。黒板消しを顔にぶつけてやる。白い粉がまきちらされ、ようやくはなしてくれた。

「あたしが何したってんだよ！」

男子の顔を殴ったり手をかんだりしながら私はさけぶ。力尽きて床にのびたクラスメイトを足蹴にして、次におそいかかってくるのはどいつだろうかとにらむ。あまりに私の抵抗がはげしいので、クラス全員、ちょっと引いていた。ひっくり返った机や椅子をよけながら、陸奥睦美が私の前に出てきた。

「お、落ちつきましょう、有栖川さん。ちょっと、落ちつきましょうよ、ね、説明させて」

陸奥睦美もどん引きしている。他の人よりもすこし丈の長いセーラー服のスカートのポケットから彼女は紙切れを取り出した。Ａ４サイズの紙に魔法陣が描かれている。今朝、私が除光液で消したのとおなじものだ。

「これに見覚えがあるでしょう。あなたは結界をこわしてしまったの」

「結界？」

「そう。私の作った結界を、あなたが……」

陸奥睦美は教室の中心をふりかえる。前後にふたつならんだ机は乱闘状態のなかにあっても元の位置にのこっていた。私の椅子の下に今朝までは魔法陣があった。しかし現在、ぴかぴかになった床が蛍光灯の光を反射させている。

「ユダの魂を、そこに封印していたの」

おごそかな声で陸奥睦美は言った。

クラスメイトたちが机や椅子を起こして元の位置にならべる。ロッカーからひっぱりだして投げ飛ばした荷物を片付けて、チョークの粉のよごれも拭き取ってくれる。その間、私は陸奥睦美から説明をうけた。私が魔法陣と呼んでいたものを、彼女は結界と呼んでいた。それは魔界とこの世界をつなぐ門などではなく、ユダの魂とやらを閉じこめておくためのものだったという。さっぱりわけがわからないけれど。

「これは、あなたが消した結界の写しよ」

結界の描かれた紙をながめる。六芒星と何重もの円と奇妙な文字の組み合わせだ。

יהודה איש קריות

結界を装飾する文字はヘブライ文字というものらしい。

「イスカリオテのユダと書いてあるの。新約聖書の四つの福音書、使徒行伝に登場するイエスの弟子のうち特に選ばれた十二人、いわゆる使徒の一人よ。イスカリオテというのはヘブライ語でカリオテの人という意味。カリオテとはユダヤ地方の村の名。カリオテ出身のユダというわけ」

陸奥睦美の声は外で強くなる風と雨の音に重なる。

「私はここにユダの魂を封印していた。だけどその結界をあなたがこわしてしまった。一刻も早く、元に戻さないと大変。あなたにも危害がおよぶかもしれない」

「どうなるの？」

彼女は無言で私の席を見つめる。いや、彼女の視線の先にあるのは、そのひとつ後ろの空席だ。転入初日、荻野先生はその席を使っている生徒がいると言った。だけどまだその席の主を私は見たことがない。空席状態のまま何日もすぎていた。

「あなたの後ろの席の子、消えたわ」

「消えた？　消えてどこ行ったの？」

「魔界よ」

出た。魔界だ。

「私をみんなが避けるのは、あの結界のせい？」

「呪《のろ》われた席の宿命ね」

「呪われた席？」

「あそこはユダが座っていた場所。あなたはユダの魂に憑依《ひょうい》されるおそれがある。そのとき攻撃をうけないように、みんなはあなたから距離をおいているのでしょう」

「あんた、いったい何者？」

「私は陸奥睦美。魔界から蘇《よみがえ》ってきた女。出席番号13日の金曜日。さあ、はじめましょう。結界をはりなおさなくちゃ。有栖川さん、あなたも手伝って。結界をこわした張本人には、儀式の中心にいてもらうひつようがある」

窓が白くなり、すこしおくれて雷鳴が聞こえてくる。陸奥睦美が私の椅子の真下あたりに例の結界を描き直す。その間、他のクラスメイトたちは全員で手をつなぎ、円陣を組んで彼女を見守った。それが終わると私は机の上に正座をさせられる。

儀式がはじまった。陸奥睦美が両手をあわせ、謎《なぞ》めいた呪文《じゅもん》を唱える。

「穴開きし。穴開きし。ユダよ、荒ぶるなかれ。この哀れな転校生をどうかお救いください」

クラスメイトたちも目をつむり声をあわせる。

「穴開きし。穴開きし。ユダよ、荒ぶるなかれ」

陸奥睦美が私の頭に手を置いてむりやりに押さえつけてきた。

「あなたも目をつむって祈りなさい」

しかたなく言われたとおりにやる。意味不明の言葉をとにかく私も唱えた。

「穴開きし。穴開きし」

雷鳴がとどろき、窓に雨がうちつけられる。しばらくそうしていたら陸奥睦美のおどろくような声が聞こえた。

「式神《しきがみ》だ！」

目をあけると、私の鼻先を紙飛行機がかすめていく。クラスメイトの女子たちが悲鳴をあげ、男子がどよめいた。陸奥睦美は床に着地した紙飛行機をひろって、何事か呪文をつぶやき、無造作にそいつを引き裂いた。いくつもの紙片になったものを私にぶつけるようにばらまく。ひらひらと切れ端が舞う。落下したうちの一枚をひろって、陸奥睦美は私にさしだした。それは結界の写しが描かれていたA4サイズの紙の一部だ。

クラスメイトたちが他の切れ端をひろってひろげる。おどろくべきことに、それぞれの切れ端の形が、アルファベットの「H」「E」「L」「L」となっているではないか。HELL。それってつまり、地獄という意味だ。無造作にやぶられ、ばらばらになった紙片が、そんな形状になっているなんて。全員がおびえたような顔をする。陸奥睦美が厳粛な面もちで彼らに言った。

「大丈夫。地獄とは、ユダの魂がいる場所。そこからうごけないという意味。有栖川さん、あなたもそれを」

もらった切れ端をひろげてみると、十字架の形をしている。

「神があなたを守ってくれるという意味よ。どうやら結界は元通りになったみたい。さあ、みなさん、帰りましょう。儀式は終了しました」

彼女が私の手をとり、机の上からおりるのを手伝ってくれる。こわいような、おかしいような、ほっとしたような、複雑な気分だ。クラスメイトたちが私にちかづいてきて、乱暴したことを口々にあやまってくれた。

「おめでとう、有栖川さん」

などと言われて拍手までしてくれる。なんだかわからないが、これはこれで一件落着したかのような気分にさせられる。もちろん、終わってなどいないのだが。

締め切りが間近にせまっているらしく、母はおそくまで仕事をしていた。荷ほどきもまだ完全には終わっていない段ボールだらけの部屋でノートパソコンとむきあっている。その後ろで私は母のベッドでごろんと横になり今日の出来事を話した。仕事の邪魔になるかもしれないが、放課後の出来事があまりに鮮烈で、だれかに話したくてしかたなかったのだ。

「たまげたわ。悪霊とか妖怪《ようかい》とか、いるところにはいるんだね。そのうちトトロにも会えるかも」

天井を見あげてそんなことを話してたら、横から紙飛行機が飛んで来る。母が小説を書きながらおったものらしい。よく見ると、紙飛行機の側面に点線が引いてある。母が鋏《はさみ》をほうりなげた。あわててそれをキャッチする。怪我《けが》したらどうするんだ。

「点線にそって切ってごらん」

言われた通りにやってみた。すると紙飛行機は五つのおりたたまれた紙片に分解する。それぞれの紙片を開いてみると、一枚は十字架の形になり、のこりはそれぞれアルファベットの「H」「E」「L」「L」の形となる。

「これこれ！　かあちゃんすげえ！」

「かんたんなトリックよ。というか、なんでそこでいきなり地獄なの。魔界じゃないのかい」

母はパソコンをたたきながら言った。

「じゃあ、穴開きし、っていう呪文はなんだったのかな？」

「古事記に天照大神《あまてらすおおみかみ》が天《あま》の岩戸に籠《こ》もってたって有名な話がある。その故事に因《ちな》んだ呪文じゃないかな。簡単に言えば祈晴の呪文ね。天照大神は太陽神。おてんとさま出てください、おてんとさま出てくださいってお願いしてるわけ。時には性的な隠語を意味したりしてる場合もあるけど、それはあなたは知らなくていい」

説明している間もキータイプの音は途絶えない。母は小説を書きながら会話ができるタイプの人だった。ほかのことは何もできないけれど、人間、なにかしらひとつくらいは特技を持っているものである。

「ユダと何の関係があるのかな?」

「和洋折衷ね」

「なんじゃそら」

「後は自分で調べなさい」

母は執筆をつづける。私は「ぶぅーぅ!」と口を鳴らして不満を表明した。

陸奥睦美はどうやらトリックを使っていたらしい。放課後におこなわれた儀式はインチキだったのだ。結界でユダの魂を封じているという話も大部分が嘘《うそ》だろう。クラスメイトたちは、なぜかわからないけど、それを信じ込んでしまい、彼女の言いなりになっているというわけだ。

彼女のインチキを暴いてクラスメイトたちの目を覚まさせてやるべきだろうか? 陸奥睦美に対して腹が立ってきた。ユダの魂や呪われた席といった噂が彼女によって作られたものなら陸奥睦美こそが元凶だ。

夜になっても雨はふりつづいていた。母によれば【穴開きし】という呪文には「おてんとさま出てきてください」という意味があるのかもしれないという。今日の天気を見て陸奥睦美は咄嗟《とっさ》にそんな呪文をかんがえたのだろうか。それとも何かもっと別の理由があるのだろうか。それから私は隣家の少女のことをおもう。天の岩戸に籠もったという天照大神と、カーテンのむこうからなかなか顔を出さない少女のイメージが重なったのだ。

2

放課後の儀式がおこなわれて以来、何かが変化するかとおもったけれど、あいかわらず私に話しかけてくるクラスメイトはおらず、教室では孤立したままだった。儀式の直後、乱暴したことを謝罪してくれた男子生徒も、「おめでとう」と言ってくれた子たちも、翌日からはまたよそよそしくなって私から目をそらす。

私の椅子の真下には、あたらしく描かれた結界とやらがある。しかし陸奥睦美によればその結界も完全なものではないらしい。いつかは破られ、ユダの魂が私に取り憑《つ》くかもしれない、などと彼女は言った。そうなることをみんなはこわがっているのだ。

どうしてみんな陸奥睦美の話を信じているのだろう。だってこんな非科学的なことはない。地獄とか、魔界とか、結界とか、漫画のなかに出てくるような話じゃないか。じゃあなにか。この世界は漫画なのか。そのような私の疑問に答えをくれたのは手羽先だった。あのおいしい鶏肉《とりにく》の手羽先である。

朝、駅の改札を抜けて中学校までの道のりをあるいていたら、クラスメイトの千葉裕也に遭遇した。女子のリコーダーをうばって手洗い場の上で調子をぶっこいていた男子生徒である。彼はコンビニエンスストアの袋をぶらさげて、国道のガードレールに腰かけていた。秋にしては寒い朝だったので国道を行き交う車の排気ガスが白かった。彼は私に気付くと、にきび跡のひどい顔面をゆがめた。朝から不吉なものでも見てしまったかのような表情だ。

「おえー、縁起わりー」

私に聞こえるような声で千葉裕也が言った。私が中学校へ行くには、そいつの腰かけているガードレールのそばを通り抜けなくてはならない。私は聞こえないふりしてそいつの前を横切ることにした。

千葉裕也は片手に手羽先を握りしめていた。朝っぱらからコンビニエンスストアで手羽先を買い食いするなんて、男子というのはいつもそんなに腹をすかせているのか。私の視線に気付いて、手を脂まみれにしながらそいつは言った。

「悪魔の手先め、手羽先ほしいか？　やらねえよ！　あーうめ！　朝から手羽がジューシーでうめえや！」

かかわらないでおこう。私は無視して足早に行く。手羽先にむしゃぶりつく音が聞こえてきてきもちわるくなった。無事にそいつの前を通りすぎて、ほっとしかけたとき、声をかけられる。

「何シカトこいてんだよっ！」

ブレザーの制服の背中に、何かのぶつかる感触がある。足下にそれが落ちた。食べかけの手羽先である。背中に手をまわして確認すると、脂がべっとりとついていた。千葉裕也。こいつは駄目だ。

私はそいつのところまでもどると、鞄の角で殴りかかった。全体重をのせて角の部分が突き刺さるようにこめかみへヒットさせる。ガードレールから転がり落ちたところを踵《かかと》で踏みつけた。十月だけど上着を着ていなかった千葉裕也の白いシャツは、あっという間に私の靴跡だらけになる。股間《こかん》のあたりを蹴ると、完全にそいつのにきび面から戦意が消えた。悲鳴をあげながら悶絶《もんぜつ》し、地面に横たわったまま起きない。私は問い詰める。

「誰が悪魔の手先だ！　手先と手羽先をかけたのか!?」

「ぐ、偶然ですう」

千葉裕也の頬《ほお》を平手打ちしようとして私は手をとめる。そいつの涙や鼻水やよだれが、にきびによってできた穴ぼこにたまっていたからだ。横たわったままのそいつの腹に拳《こぶし》をふりおろす。

「朝っぱらからガードレールにすわって鶏肉しゃぶりながら人のことののしりやがってこの野郎。転校生なめんじゃねえぞこら。場数が違うんだよ。いい気になってんじゃねえぞてめ」

「ごめんなさい！　ごめんなさい！　グーやめて、グー痛い！」

国道沿いの歩道を自転車通学の集団が通りすぎた。視線をむけられている。しかしまだ怒りがおさまらない。千葉裕也の胸ぐらをつかんで上半身を強制的におこすと、ガードレールに押しつけて尋問する。

「今からいくつか質問をする。ユダってなんだ？　てめえ、嘘ついたらしょうちしねえぞ」

千葉裕也は恐怖に顔をひきつらせていた。

「ユダは、ユダは、上級生です」

「死んだのか、そいつ」

「はい」

「殺されたのか？」

「はい」

「だれに？」

「四人のユダに」

「その四人のユダってのは何者だ？」

「ユダの妻です」

「そいつは中学生だったんだろ？　今の私たちとおない歳《どし》だったんだろ？　なんでそいつに奥さんなんかいるんだよ。しかも四人も。わけわかんねえんだよ」

「僕もわけがわかりません。どっちかっていうと、僕、幽霊とか悪魔とか信じないほうなんで」

「人を悪魔呼ばわりしといて」

グーパンチだ。千葉裕也は腹をおさえて蛙《かえる》のような声をしぼり出す。

「そ、そうなんですけど、ほんとに、僕、そういう非科学的なことは信じないほうなんで。でも、アレなんですよ。信じないほうだったんですが、今はあの、信じてます。見ましたから。ユダの霊を。みんな見てますよ。クラス全員。五月です、五月。授業中に出たんですって。ユダの霊が。

もう突然ですよ。ユダの霊が突然飛び出てきて、ムーに取り憑いたんですよ」

「ムー？」

「陸奥睦美です。あれがムーです。あいつに取り憑いたんですよ、ユダが。授業中に突然、あいつ、叫びだしたんです。呪われたユダの席で、今のあなたの席ですよう……」

そのときの光景を千葉裕也は怖々と語りはじめた。頬をひきつらせて話すそいつの顔は、嘘をついているようには見えなかった。

その日の三年二組の教室では、普段通りに授業がおこなわれていたという。千葉裕也は居眠りをしながら教師の話を聞き流していたそうだ。すると急にどこからともなく苦しそうな声が聞こえてきた。全員がそちらを見ると、陸奥睦美が全身を痙攣《けいれん》させていた。当時、彼女は教室中央の席にすわっていたらしい。前から三番目、つまり今の私の席だ。

「そこは以前から呪われた席だと言われていたんです。でも、まさか、あんなことになるなんて」

陸奥睦美の痙攣は次第にはげしいものとなった。椅子さえもがたがたとゆれはじめ、突如、強い力で投げ出されるかのように陸奥睦美はころがったという。白目をむき、喉《のど》のあたりをかきむしり、駆け寄った先生を押しのける。床にはいつくばり、頭を何度も打ち付け、よだれをまき散らしながら陸奥睦美は机の上にのった。異様に長い舌をたらし、首の皮膚は爪《つめ》でひっかいたせいで血がにじんでいたという。白目のまま陸奥睦美は地獄の底から聞こえるような声でくり返した。

「うわぁぁれぇぇはぁぁぁユダなりぃぃぃあなひらきしぃぃぃ……、あなひらきしぃぃぃ……、誰が殺したぁぁぁぁあ……、あぁぁなぁぁぁひぃぃらぁぁきぃぃしぃぃぃぃぃぃぃ……、あぁぁぁぁぁなぁぁぁぁぁぁひぃぃぃぃぃらぁぁぁぁぁぁきぃぃぃぃぃしぃぃぃぃぃぃぃぃ……。

誰がぁぁぁぁぁぁぁぁぁぁ殺したぁぁぁぁぁぁぁぁぁぁ……。お前かぁっ！」

陸奥睦美は突如、机の上からダイブした。当時、席がすぐそばだった千葉裕也の上に。陸奥睦美は千葉裕也のシャツをつかんでふりまわし、投げ飛ばしたという。

「僕はそのとき、あまりの恐怖で失禁してしまったんです」

ガードレールに背中を押しつけた状態で千葉裕也は告白した。

「あまりの恥ずかしさに不覚にも泣いてしまいました。鬼の裕也、最終兵器千葉、スクールハンター千葉などのコードネームで怖れられてきたこの僕が、あの日を境に権威は失墜、みんなからヘボチバとか、ダメオとか、……おむつとか」

「君にもいろいろあったわけね」

私はおもわず同情してしまう。

「以来、女子など弱い者をいじめて憂さを晴らしていたというわけです」

「それはやめろ」

グーパンチだ。

「グーやめて、グー痛い！」

「それから陸奥睦美はどうなった？」

「教室を抜け出し、校舎を徘徊《はいかい》し、最終的に女子トイレで動けなくなってるところを発見されました」

噂によると陸奥睦美は放心状態だったという。個室にすわりこみ、トイレットペーパーをいつまでもいつまでもからからとひっぱっていたらしい。彼女はそのまま病院へ連れて行かれて治療をうけたという。

「翌日、ムーは元気に登校しましたが、スカートは長い丈になっていました。髪も、それまでは短かったのに、突然、ロングヘアに」

「あれウィッグか！」

「本人は一夜にして伸びたと言ってます」

「そんなアホな！」

「彼女は机と椅子をどこからか持ってきて、窓際の一番後ろの席に勝手に陣取って、今もそこにいるのです。ユダの魂が憑依していたとき、彼女の魂は魔界にいたそうです。そこから生還したあいつのことを全員が一目おいてます」

「ムーはどうやって魔界から生還できたとおもう？」

彼女のインチキはさておき、私はためしに聞いてみた。

「みずからの霊力でなんとか自力でもどってきたそうです。その後、ムーは結界を張り、例のユダの座席を封印したのです。誰もムーには逆らえません。かつてムーをいじめていた女子グループも、今ではしもべ気取りですから」

「その事件が起きるまでムーはいじめられてたの？」

「いじめられてました。僕も相当いじめましたが、女子のいじめはその比ではなかったようです。けどいまやムーは無敵です。魔界を支配したムーは人間の手には負えません。ライオンに素手で立ち向かうようなモノ。いじめというのは逆襲されないという保証があるから安心してやれるものですからね」

「いじめはダメだろ」

この野郎。グーパンチだ。

「痛い！　やめ！　やめて！」

「しかしまあ、陸奥睦美が元凶なのはまちがいないね。そのうち、締め上げてやる」

「ムーはやめといたほうがいいですよ。長いものにはまかれといたほうがいいですよ」

私は最後にもう一回、グーパンチを入れて中学校へむかった。


授業の合間の休憩中や、美術室で絵を描《か》いている時間、あるいは体操着に着替えているとき、陸奥睦美のいる方をこっそりとうかがった。彼女はいつもひとりだった。放課後に儀式をおこなった日はクラスメイトたちの中心で司令塔となっていたが、日常生活において彼女に話しかける者はだれもいないようだ。千葉裕也の語った一件により、いじめにはあわなくなったものの、周囲から恐れられ孤立するようになったのだろう。

体育の時間に五人ひと組で百メートル走のタイムを計測した。私の順番がまわってきたのでひとっ走りしてくる。男子を追い抜いて一位になると、タイムの記録係はおどろいていた。それよりも私はムーこと陸奥睦美の観察でいそがしい。彼女は離れた場所でひとりたたずんでいる。長いまつげを伏せ気味にして憂鬱《ゆううつ》そうに髪の毛をいじっていた。

私が見ていることに気付くと、ほとんど表情をかえないまま、手をあげてふってくれた。友好的な仕草である。彼女にとって私は、ユダの呪いから守ってあげた子羊に見えているのだろう。千葉裕也の言う通り、このまま陸奥睦美とは敵対するのではなく、長いものにはまかれろの精神で言いなりになっておいたほうが得策なのだろうか。何をするかわからない奴には関《かか》わり合いにならないほうがいい。どうせあと半年もすれば高校に進学して、彼女とは無関係な日々がはじまるはずだから。でも、私の自尊心はどうなる。

運動場でそんなことをかんがえていたら、女性の体育教師がリレーの選手の発表をおこなった。

「木村、安藤、鈴木、久保、そしてアンカーは有栖川。リレーはこの五人ね」

体育祭で男女混合のクラス対抗リレーがおこなわれるらしく、その選手が選抜されたのだ。私は人ごとのようにその発表を聞き終える。体育教師が私に視線をむけていたので、ようやく気付いた。とっさにわからなかったけど、アンカーとして名前を呼ばれた有栖川というのは私のことじゃないか。

有栖川＝自分という認識がまだうすかった。周囲の人々は私を有栖川徹子という名前でとらえている。だけど私は、まだそうじゃないのだ。それじゃあ自分はいったい何者なんだろうか。ほんのすこし前まで使っていた黒柳という苗字《みょうじ》はもう私のものではない。自分の輪郭がぼやけているような不安におそわれる。私はふと、引っ越しの日に感じた、宙ぶらりんの感覚をおもいだした。

3

父に会う日、電車で鎌倉《かまくら》へむかった。ゆられながら車窓の景色をながめる。私は鎌倉の町並みが好きだ。いつもの待ち合わせ場所で父と合流して料亭に入る。料亭の人は私と父のことをおぼえてくれていた。

畳の間にとおされて、小鉢でいっぱいの味のうすい料理を出される。食事中、父は自分の話ばかりする。どうでもいいような他愛《たわい》のない内容だけど、私は注意深く耳をかたむける。学校生活のことを聞かれたので、リレーの選手に選ばれた話をした。

「リレーの選手！　すごいじゃないか！」

父がおもいのほか、よろこんでくれる。父の声は独特の響きをもっていた。やさしくておおきな動物が言葉を発しているかのようだ。しかし外見はどこにでもいるような、地味なおじさんである。

「そんなにすごいかな。足なんかはやくても、しょうがないじゃん。なんかもっとちがう才能が欲しい」

「どんな？」

「わかんない。何かもっと役に立つこと」

「いいじゃん。足はやいの。オリンピック出れるぞ。出ろよ、オリンピック」

「パパは？　足はやかった？」

「けっこうはやかったよ」

「オリンピック出れた？」

「そりゃ無理だよ」

「ほら無理じゃん」

「いや、パパはほら、なんでも二番だったからさ」

料亭の仲居さんがやってきて、デザートを何にするかと聞いた。父は仲居さんを見て相好《そうごう》をくずす。

「わあ姉さん、色白いねえ、日本人形みたいだ。デザートなにがあるの？」

私は間髪入れずに発言する。

「抹茶アイスふたつ」

仲居さんは、かしこまりましたと会釈をして立ち去る。父が私を見ている。

「他のがよかった？」

「そりゃあ、抹茶アイスに決めてたけどさあ」

「じゃあ、いいじゃん」

「もうちょっと話したかったなあ、さっきのお姉さんと」

「やらし」

料亭を出て私たちは鶴岡八幡宮《つるがおかはちまんぐう》を散歩した。父は朱色の本宮を感慨深い表情でながめていたが、私は見飽きていたので何ともおもわない。だけど大銀杏《いちょう》の巨大さにはいつもおどろかされてしまう。空をつくほどにそびえたつ銀杏の葉が、黄色く染まりかけている。境内をあるきながら、父がいつものようにとっちらかった話を延々とつづける。

「零コンマ何秒って戦いがあるじゃない。どっちにしたって足がはやい人たちだろ？　あんなに足のはやい人たち、珍しいわけじゃん。そういう人たちが競い合ってるの見てるとつらくなってきたりしてな。子供の頃、カブトムシとクワガタ、ケンカさせて遊んだりしてさ。なんかおもいだすんだよな。そういうこと考えちゃうやつはオリンピック選手にはなれないんだよきっと。どうなんだろうな。どうがんばったってチーターには勝てないんだよ。そうおもいながらはしってる選手もいるかもしれないな」

池にかかった朱色の橋を渡っているとき、父の携帯電話が鳴った。私を気にしているのか、なかなか電話をとらない。

「仕事じゃないの？　出れば？」

「うわ、今の言い方、ママそっくり！」

くたびれたコートのポケットから父は携帯電話を取り出す。急な仕事が入ったらしく、もう行かなくてはならないという。

鎌倉駅まで十数分かけて徒歩移動した。駅前に警察のパトロールカーが停車しており、父はまっすぐにそこへちかづいていく。運転しているのは父の部下の刑事だ。何度か私もあったことがある。

「すまんな、また今度な。ママによろしく！」

父はそう言うとパトロールカーの助手席に乗りこんだ。サイレンを鳴らしながら警察車両は発進する。事件があるたびにこうやって父は呼び出されるのだ。手をふって見送った直後、鞄に入れていた紙袋の存在をおもいだした。父にそれを渡さなくてはならなかった。

「パパ！」

紙袋を取り出して、父の乗ったパトロールカーを追いかけた。自転車を追い抜き、通行人をよけ、横断歩道を駆け抜ける。サイレンを鳴らしながらパトロールカーは次第に遠ざかっていった。だけど何ブロックも私は追いすがる。そのうちにパトロールカーの速度がおそくなって路肩にとまってくれた。サイドミラーに映った私に気づいてくれたのだ。息をきらしながら助手席にちかづくと、父が窓を開けておどろいた顔を見せる。

「駅前からはしってきたのか。ほんと足、はやいな」

「これ、ママから。読んでくださいって」

私は紙袋を窓越しにわたす。父はすぐさま中身を確認した。母の執筆した新作小説の単行本が入っている。題名は『警視庁捜査一課刑事の元妻』。

「おお、サンキュー」

父は運転席の部下に表紙を見せて自慢する。母のことを部下に話すとき、「うちのかみさんがね……」と言うのが新鮮だ。母の本をわたすことができて私は心底ほっとする。深呼吸する私に父は言った。

「役に立ったな、足。リレーがんばれよ」

「パパも、仕事がんばってね」

パトロールカーが再びサイレンを鳴らしながら遠ざかった。私は駅にむかって来た道をもどる。今度はゆっくりと。だけどいつのまにか、はしっている。


私はランニングをはじめた。休日になるとジャージを身につけて朝から晩までとにかくはしった。早朝の商店街を通り抜けるとき、八百屋の店主が私に林檎《りんご》をほうりなげて応援してくれる。林檎をかじりながら階段をかけあがった。お風呂上がりにはストレッチをして全身の筋肉をほぐす。もちろん、バレエ教室にも通い続けた。

町を何周かはしってへとへとになりながら公園のベンチにたおれこんでいたときのことだ。ふと顔を横にむけると、見覚えのある姿が視界に入る。植え込みをはさんで位置する噴水のそばに担任の荻野先生がすわっていた。一人ではない。だれかといっしょにならんで腰かけている。といっても、デートではなさそうだ。

荻野先生の横にいる人物は顔を伏せて泣いていた。女性である。その輪郭や服装にどことなく見覚えがあった。正体に気付いて私はおどろく。隣家に住む荒井のおばさんだったのだ。見間違いではない。

どうしてあの二人がいっしょにいるのだろう？　見つからないように植え込みをまわりこんで

ちかづくと、二人の会話が聞こえてくる。肩をふるわせながら荒井のおばさんが言った。

「育て方を間違えてしまったんでしょうか」

「そんなこと、ありませんよ。きっと、大丈夫」

荻野先生は言葉をえらぶようにゆっくりと話す。気をつかっている様子だ。

「でも、せっかく先生に来ていただいたのに」

「気になさらないでください。花《はな》ちゃんの声が聞けただけでも、ほっとしました」

荒井のおばさんはハンカチで目頭をおさえている。やがて二人は立ち上がった。公園の入り口に自転車がとまっている。そこまで移動して荒井のおばさんが深々と頭をさげた。

「あの子のこと、よろしくお願いします」

「もちろんです。来週もまた、この時間に」

荻野先生は自転車にまたがると、会釈をして坂をくだりはじめた。荒井のおばさんが自宅の方向へ立ち去ったのを確認し、私は先生の自転車を追った。数ブロック先の自販機のそばで追いつく。

「先生！　待って！」

「有栖川さん!?」

おどろいて急ブレーキをかける荻野先生の横に私はならんだ。

「公園から、はしってきたんです。あのおばさん、なんで謝ってたの？　どうして泣いてたの？」

「うちのおとなりさんなんです。朝の天敵ですよ。ゴミの出し方にうるさいんです」

公園で二人を見ていたことや、会話を聞いてしまったことなどを先生に説明した。

「住所がちかいなっておもってたけど、まさかきみ、花ちゃんのおとなりだったとは……」

「花ちゃん？」

「荒井花。うちのクラスの子よ。ほらきみの後ろの席。あいてるでしょ？」

「え？　ああ！　あれが、あの子……、ああ！」

荒井家に住む少女の顔がうかぶ。私のひとつ後ろの席はいつも空席だった。いったいどんなやつがそこに座るのだろうかと疑問だった。学校に出てこないのは登校拒否してるからにちがいないとおもっていたが、まさかそれがおとなりの花屋敷の子だったとは。

荻野先生は自転車をおりて、すぐそばにあった自動販売機でジュースを買ってくれた。それを飲みながら私たちは話をする。荻野先生は、登校拒否してひきこもっている荒井花に会いに来たのだという。しかし部屋の扉を開けてくれず、追い返されてしまったそうだ。

「その子、なんでひきこもりになっちゃったんですか？」

「それがわかればねえ」

「だれか理由をしってる子はいないんですか？」

その子がひきこもりになってカーテンのむこうから現れないのも陸奥睦美のせいなんじゃないか。陸奥睦美がクラスメイトたちを裏で支配し、その子に危害をくわえたのではないか。そんな想像をしてしまう。だけどちがっていた。

「もう一年以上、あの子、学校に来てないの」

「一年以上も？」

　今は十月。陸奥睦美がユダの魂にとりつかれて痙攣しながら千葉裕也におそいかかった事件は今年の五月だ。陸奥睦美がクラスを裏で支配したとき、すでにもう、荒井花はひきこもりだった。ということは、陸奥睦美や現在の三年二組とは無関係な、別の理由が存在することになる。

「じゃあその子は二年生のときから学校に来てないわけだ」

　荻野先生が首を横にふる。

「ちょっとちがうかな。だって、荒井さんはあなたよりもひとつ年上、本来なら今ごろ高校一年生よ。つまり昨年度の三年二組のときから学校に来なくなったの」

「三年二組？　留年してるってことですか？　中学にも留年ってあったんだ」

「出席日数がすくなくても卒業することはできるんだけどね。本人や保護者が望めば、やり直すことができるの」

　荒井花は三年生の五月下旬ごろからずっと休んでいるという。荒井のおばさんは、このまま娘を卒業させることにためらいがあったようだ。

　それよりも、昨年度の三年二組ということは、例のユダが所属していたクラスではないか。ユダが四人のユダに殺されたという、奇妙な殺人事件の起きたクラスに、その子も所属していたのだ。もしかしたら、何か関係があるのではないか。

「先生、殺人事件については？　何かしってます？」

「殺人事件？」

「ユダの事件ですよ。去年の三年二組で、そういう事件が起きたって」

荻野先生は眉《まゆ》をひそめた。

「何かのまちがいじゃない？　そんなことがあの学校で起きたなんて聞いたこともないよ。先生ね、今年、赴任してきたばかりだから、何とも言えないけど。さすがにそんなことが起きてたら、他の先生方から聞かされてるとおもう」

荻野先生はユダという名前にも心当たりがないようだ。昨年度の三年二組の担任なら何かしっているのだろうか。しかしそのときの先生はすでに定年退職されて海外に移住しているという。直接に問いただすことはできそうにない。前の担任からひきこもりの少女をひきついだときも、荻野先生は殺人事件のことなんて数えられなかったという。

「去年のクラスで荒井さんがいじめられていたという話も無かったよ。三年に進級してからは特に、いつもたのしそうだったって……」

「やっぱり学校で何かあったんですよ。だれかが、事件を隠蔽《いんぺい》しているんです」

「有栖川さん、彼女に関すること、調査してくれない？　ひきこもりの理由、なにかわかったらおしえて」

「仕事としてお受けします」

「もし彼女を学校に連れて来れたら、お礼しなくちゃね」

「三万円」

「お金はだめよ」

「私、三万円のために、がんばります」

「だめったら。かわりに、いいものあげる」

「なんですか?」

「先生のハグとか」

「がんばります、三万円のために」

「話、聞いてる?」

三万円は冗談として、荒井家のひきこもりの少女に関してはすこし気になっていた。なにせおとなりさんなのだから。

飲み干したジュースの空き缶をゴミ箱にすてる。別れ際、荻野先生に私はたずねた。

「その子の名前、なんでしたっけ」

「花ちゃんよ。荒井花」

「荒井花」

カーテンのむこうから出てこない少女は、そんな名前をしていたのだ。

4

石ノ森学園中学校の運動場に私たちは整列して、まずは校長先生のはじめのあいさつを聞かされる。選手宣誓がおこなわれて最初の種目がはじまった。ビデオカメラをかまえた保護者たちが、運動場を囲むようにひしめいている。

私が参加する三年生のクラス対抗リレーは、午前の部の最後におこなわれた。私はよくしらなかったが、このリレー対決は、毎年、会場全体をおおいにわかせるという。午前の部のハイライトでもあり、リレーで優勝することは非常に名誉なことらしい。その最終走者として私はスタート地点のそばに待機した。

スターターピストルにセットされた紙火薬が、ぱんとはじけて青空にひびきわたる。リレーがはじまった。第一走者がスタートすると保護者たちのすさまじい声援が飛んだ。精鋭があつめられただけあって、さすがに全員はやかった。追い抜いたとおもえば、抜き返され、さらにまた抜き返す。順位がはげしくいれかわり、第四走者がバトンを受け取ったとき、私たちのクラスは三番手につけていた。

各クラスの最終走者が白線にならぶ。私はそのなかでも一番の小柄だった。軽く三回、ジャンプして全身の筋肉をほぐす。保護者たちの声援は耳がおかしくなるほどすさまじい。熱狂とはこういうことかとおもわされる。

先頭をはしっているどこかのクラスの第四走者がぐんぐんと二位以下をひきはなしていた。一周して最終走者にバトンをわたす。スタート地点から一人、飛びだしていった。二位以下は団子状態。次々とやってきてバトンを最終走者につないでいく。

私たち三年二組は、バトンの受け渡しに失敗した。すぐ横を駆け抜けていこうとした他のクラスの走者の肘《ひじ》が、私の手にあたり、手渡されたばかりのバトンをはじかれてしまったのだ。瞬間、悲鳴とも怒号ともつかない声が保護者や生徒たちからあがった。

　私はころがってしまったプラスチック製の赤いバトンを追いかけてひろう。集団はすでにずいぶん先をはしっていた。先頭はさらに前の方だ。ちらりと見えた三年二組のクラスメイトたちはすっかりあきらめたような顔をしている。あくびをもらす男子や、となりの子と会話をはじめた女子の姿が見える。バトンを落とした私にむかって中指をたてている子もいれば、肩をすくめている子もいれば、携帯電話を取りだしてメールを打ち始めた子もいる。ともかく私は、はしりだした。

　うるさかった音が消えていく。自分の呼吸と心臓の音だけになる。保護者たちのカメラのフラッシュが瞬いた。腕をふりまわして声援をおくっている保護者たちの顔のひとつひとつがはっきりと見える。集団に追いついた。まず一人目を抜く。そしてまた一人。彼らの呼吸音が後方へと遠ざかっていく。バトンをにぎりしめ、全身の筋肉をふりしぼってはしる最終走者たち。彼らをトラックの外側から抜き去る。

　視界がひろくなった。前を行く背中がすくなくなったおかげだろう。トラックのラインが左側へゆるいカーブを描いている。先頭の一人がいた。広大なサバンナを逃げまどう兎《うさぎ》のように懸命なはしりだ。兎からの連想で、私はふと、『不思議の国のアリス』という物語をおもいだす。主人公の少女は兎を追いかけていて穴に落ちていった。そこからはじまる物語だ。だけど、そもそも、なんで兎なんか追いかけていたんだっけ？　食べるためだっけ？　そういえば、父と海辺でトランプをしたとき、風にふかれてお気に入りのトランプが飛ばされてしまったのだが、あれの絵柄が『不思議の国のアリス』だった。そんなことをかんがえているうちに、いつのまにかゴールテープを切っていた。

あれ？　とおもって周囲を見ると、すこしおくれて他の走者がゴールする。

「一位は三年二組！　三年二組です！」

興奮した様子のアナウンスとともに、地響きのような歓声がおこる。私はいつのまにか先頭の走者を追い抜いていたようだ。

午前の部が終了して休憩に入る。生徒たちはそれぞれ好きな場所にすわって弁当を食べ始めた。大半は友人同士のグループで輪をつくっている。保護者とともに食事している者もいれば、ひとりで木陰で食べている者もいる。私もまた、弁当箱をかかえて居心地のいい場所をさがした。保護者席の周辺をあるいていたら、母を発見する。フリルのついたワンピース姿でシートに座っており、ピクニックに持って行くようなバスケットとワインの瓶とワイングラスがかたわらに置いてある。母のもとにかけよると拍手で私をむかえてくれた。

「来なくていいって言ったのに」

「きみ、すごいじゃない！　なんでそんなにはしるのはやいの？」

「特訓したからね。それより、かあちゃん、学校で酒はまずいよ」

「これ、葡萄《ぶどう》ジュースよ」

「まぎらわしい！」

母の格好は完全にういていた。服装に少女趣味が入っている。こいつ、はりきったな。母のそばで弁当を食べると目立ってしまいそうだったので、私は他の場所へ移動してひとりで食べることにした。そばをはなれるとき母が言った。

「きみ、どんだけいじめられてるのかとおもったら、めちゃくちゃ人気者じゃない。ほっとしたよ」

リレーを終えたあと、興奮したクラスメイトたちが私を取り囲み、祝福し、胴上げしてくれた。今日ばかりは素直に私を受け入れてくれたようだ。笑顔になる母を見て、特訓しておいてよかったなとあらためておもう。その場面を母に見せることができてほんとうによかった。

弁当箱を持って食事のできる場所を探してあるきまわったが、腰かけられそうなところはだいたいどこも埋まっている。さまよっていたら陸奥睦美に遭遇した。晴天の下で体操着に身をつつんでいても、黒魔術をつかいそうなあやしい雰囲気は健在である。陸奥睦美もまた、弁当の包みらしきものを抱えていた。すわって食事のできる場所をさがしているところらしい。

「あそこにいるのは、あなたのお母様？」

陸奥睦美は私の母を指さして質問する。遠くからでも母の少女趣味の服装はよく目立っていた。私と母が話しているところを見られていたのだろう。

「そうよ。わるい？」

「偶然ね。あなたのこと、なんだか他人とはおもえなくなった」

「どういう意味？」

「あちらをご覧なさい」

陸奥睦美は不敵な笑みをうかべると、芝居がかった大仰な身振りで後方をさす。そちらにも保護者席がひろがっており、シートをひろげて様々な家族が食事をとっている。そのなかに遠目からでもはっきりとわかるほどの異様な姿の女性がいた。ゴスロリ風の服装に身をつつんだ年配の女性が、蝙蝠傘《こうもりがさ》をさしてすわっている。貴族がオペラ鑑賞につかうような柄のついたオペラグラスをつかってこちらを見ていた。私の母と同様、ワインの瓶とワイングラスを用意している。

「ううっ……！」

私はおもわずうめき声をもらす。陸奥睦美は私をにらみつけた。

「ちょっとなに、今のリアクション。『ううっ！』ってなに」

「なんだあれ、ウチのかあちゃんよりすごいな」

「あれ見て『ううっ！』とかなってたろ」

「なってない、なってない」

「なってた。あなた、誰のおかげで人気者になれたかわかってる？　私が結界をはりなおしてあげたから、みんなは安心してあなたを胴上げできたのよ？　恩人の母親にむかって『ううっ！』はひどくない？」

「そうだね、ごめん」

「まあ無理もないけど。五十路《いそじ》過ぎてゴスロリはきついよね。来るなって言ったのに」

どうやら私たちはおなじ状況らしい。目立つ母親からはなれて、一人でしずかに食事のできる場所をさがしていたのだ。しかたなく、いっしょに行動することになった。

「校舎に入りましょう」

陸奥睦美の提案にしたがって私たちは校舎内に入った。普段はにぎやかな廊下も、今日はがらんとしている。階段をあがり、廊下をすすみ、三年二組の教室で私たちは弁当をひろげる。陸奥睦美が窓際の自分の席についたのを見て、私はそのとなりの席をつかわせてもらった。

私の弁当箱には、早起きして手作りした稲荷寿司《いなりずし》がつまっている。一方、陸奥睦美の昼食はサンドイッチだ。これも彼女自身で手作りしたという。どちらからともなく、交換の取引がおこなわれる。私が稲荷寿司をひとつ彼女のランチボックスにいれると、彼女はサンドイッチをふたつ私の弁当箱に入れてくれた。

「ふたつもいいの？」

「重量を基準とした等価交換よ。稲荷寿司ひとつ分の重量は、サンドイッチふたつ分に相当するとおもうの」

いつか締め上げてやろうとおもっていた相手と、こんなふうに食事をともにするとはおもっていなかった。だけど、わるくない。陸奥睦美は、ほっそりした指で稲荷寿司をつまんで端の方をかじる。窓の外に視線をむけて、何かに気付いた様子で言った。

「あら、あそこにいるのは、魔界の母」

自分の母親のことを言ってるのだろうかとおもった。先ほど目にしたゴスロリファッションは、いかにも魔界の母という表現にぴったりだった。しかしどうやらそうではない。彼女の視線の先にいたのは別の人物だ。校門のそばに、荒井のおばさんが立っている。陰気な表情で人々を見つめていた。体育祭の様子を見に来たのだろうか。

「魔界の母？　荒井のおばさんが？」

「あの強烈なマイナスオーラを漂わせているおばさん、あれに気付くとは、あなた霊感つょいんじゃないの？」

「うちのおとなりさんだよ」

「それはすごい偶然。あなたの後ろの席の魔界に消えた生徒のお母さんよ」

「しってる」

「かわいそうに。消えた娘をわすれられなくて、ああやっていつも学校行事に姿を現すの」

「消えてないよ。娘は家でひきこもってる」

陸奥睦美はつまらなそうな顔をする。

「神秘のベールに包みなさいよ。ユダの魂にひきずられて消えたことにしてるんだから」

「きみのお遊びにつきあうのはごめんだ。そもそも、ユダってなんなんだよ」

稲荷寿司を食べて陸奥睦美は指をぺろりとなめた。その様子は、蛇が紐《ひも》のような舌をちらつかせているところを想像させる。

「おしえてあげる。でも、これから話すことはだれにも言わないと誓って」

「誓うよ、だれにも話さない」

「ユダは、去年の三年二組にいた男子生徒。彼には四人の妻がいたの。でもそのことをユダはそれぞれの妻には内緒にしていた。だけどある日、その秘密が四人の妻の知るところとなり、ユダは毒を盛られたの。アナフィラキシーという名前の毒。誰が盛ったのかはわからない。四人の妻は彼の死について何も語らなかったそうよ」

アナフィラキシー？

その言葉の響きを私はしっている。すこしかんがえて、わかった。

「きみがつぶやいてた呪文！【穴開きし】じゃなかったんだ！アナフィラキシーって言ってたんだ！」

疑問がひとつ氷解する。だけどまだ納得はできない。

「そいつ中学生でしょう？妻四人とかありえないじゃん！」

「どこからどこまでが作り話なのか私にもわからない」

「作り話の可能性があるってこと？」

「殺人事件ってのがうさんくさい。そんなのがあったら、普通、警察とかテレビとか来るし。でも去年、学校に警察もテレビも来なかった。三年二組のユダという人物が消えたのはまちがいないけど、きっと転校していったのよ。事実のよくわかっていない他のクラスの子が、ユダの呪いをでっちあげて、おもしろおかしく広めたのでしょう。トイレの花子さんや学校の七不思議みたいなものよ」

「きみがユダの魂に取り憑かれたのは演技だったんだね？」

「もちろん。噂話を利用したの」

陸奥睦美は私の席をふりかえる。

「かつてはそこにユダが座っていたそうよ。だけど今年度に入ってからは、そこが私の席だった」

「そうらしいね。千葉から聞いたよ」

今年の四月にクラス分けがおこなわれ、今の三年二組のメンバーが決まった。最初の日、くじ引きで席決めをしたのだ。

ちなみに、荒井花の席だけはあの場所に決まっていたという。荒井のおばさんが荻野先生にそうお願いしたようだ。娘の席の位置を変えないでくれと。娘が登校拒否をやめて学校に来たとき、そのほうがすぐになじめるはずだからと。私だったら一番後ろのすみっことか、そういう場所のほうが目立たなくてうれしいけど、かんがえかたは人それぞれだな。

「私たちが三年二組になった四月の時点で、すでにもう、ユダの呪いに関する噂話は学校中に広まっていた。荒井花もまた、ユダの呪いによって家から出られないのだと囁《ささや》かれていたの」

呪いの中心はユダの席。そこには殺されたユダの怨念《おんねん》がのこっていると言われていた。そんな席に、くじ引きの結果、陸奥睦美がすわることになってしまったという。

「最悪よ。その席になって一ヶ月間、だれも口を利いてくれなかった。ちかづくなって言われるし、消しゴムを投げられるし、最後には私がユダって呼ばれる始末。このままじゃいけないとおもって私は一念発起した。ユダに取り憑かれたふりをしたの。クラス全員の前で、首をかきむしって痙攣しながらわめいてやった。アナフィラキシー！　アナフィラキシー！　アナフィラキシー！　って。演技をしているうちに、自分でも、わけがわからなくなった」

「わけがわからなくなった？」

「そういうことってあるの。嘘をついて演技しているうちに、自分の心までが変化してしまう。ほんとうの自分なのか、そうでないのかが、よくわからなくなってくる。あなただってそうよ。だれかのことが好きなふりをして、その人とデートをしてごらんなさい。いつのまにかその人のことが気になってくるはず」

「そうかなあ」

そんなことって起こりうるのだろうか。そのとき生じる感情は、はたしてほんとうのものだろうか。それとも一時的な混乱でしかないのだろうか。

陸奥睦美はあごをすこしあげて、白い首を私に見せる。

「あの日、気付くと私は、本気で首をかきむしっていた。皮膚は裂けて、制服の襟は血まみれ。だけどちっとも痛くはなかったし、痛快で大声でわらったの。クラスメイトはみんなこわがってた」

彼女の首をあらためてよく観察したら、うっすらと白い傷が何本も縦にのこっている。これはもう消えないのかもしれない。だけど、そこまでのことをやってのけたから、クラスメイトは全員、彼女を恐怖して従っているのだ。

「結局、ユダってなんなの？　どうして四人も妻がいたわけ？」

「しらない」

「しらんのか」

「私はあなたとおなじ、ユダの犠牲者」

「おなじ？　きみがみんなを従わせて私を孤立させてたんじゃないか」

「全然ちがう。私がやらなくても、あなたは孤立してた。ユダの席にすわってる限りは、以前の私のように消しゴムをぶつけられていたでしょう」

「じゃあ、どうすればいいってわけ？」

「あの結界を消すのはだめ。結界を消しても何もおこらなかったら、私が演技してただけだってばれちゃうでしょう？　一番わるいのは、去年の三年生の連中よ。そいつらがあの席を呪われたものにしたんだから」

「呪いを解くにはどうすればいい？」

呪いなどというものは、あいまいでとらえどころがないから、対処にこまってしまう。だけど、ユダの席に関する呪いを解くことができれば、クラスメイトたちの私への態度は変化するにちがいない。

「ユダなんてものは、ただの噂話だってことを証明すればいいんじゃない？　殺人事件なんて起きてないっていう証拠を提示するの」

陸奥睦美の言葉に私は納得させられる。確かにそうだ。ユダの正体をつかみ、そいつが死んでないことを全員が理解すればいい。ユダの魂が封印されているなどというアホくさい噂もなくなって、私には平穏な日々がおとずれるはずだ。

「わかった、そうする。私、ユダの正体をつかむことにする。きっと噂話には発端があるはずだから、それが何なのかを、まずはしらべてみよう」

去年の三年二組の生き証人がすぐちかくに住んでいるじゃないか。去年、何があったのかを彼女に聞いてみてはどうだろう。彼女というのはもちろん荒井花のことである。

「あなたが失敗することを祈ってる。呪いがなくなっちゃったら、私はもう何もないただの人だ」

陸奥睦美はそう言ってサンドイッチをかじった。

外からアナウンスの音声が聞こえてくる。昼食の時間がおわり、午後の部に入るらしい。私たちは校舎を出て三年二組のあつまっているテントへむかう。途中、保護者席のそばを通りかかると、奇妙な二人組を発見した。私の母と、陸奥睦美の母親がおなじシートにならんですわっていたのだ。私の母は白い少女趣味の服装で、陸奥睦美の母親は漆黒のゴスロリの服装だから、まるでそこだけ異空間だ。

「もしかして前からのしりあい？」

「今日が初対面よ。さっき目が合って、なかよくなったの」

外ちかづいて話しかけると母が言った。陸奥睦美の母親はそばで見るとほとんど魔女のような外見だ。私と陸奥睦美が三年二組のテントへとむかうとき、魔女は黒い革手袋の手をゆらゆらとふって見送ってくれた。

夕方に体育祭が終了して母と帰路につく。私はすっかりくたびれて、足をひきずるようにしながら駅から家までの距離をあるいた。道すがら母が言った。

「あの先生、今日もかっこよかったね」

「だれのこと？」

「いたじゃない、入学の時。かたつむり、かたつむり」

玄関先に到着して郵便受けを確認する。出版社から母あてに雑誌の献本が届いていた。それとダイレクトメールも一通、こちらは駅前の紳士服店からだ。紳士服？　この土地に来て、私と母が紳士服のお店を利用したことなんてあっただろうか。我が家には女しかいないけれど。よく見ると宛先《あてさき》のところに見覚えのない名前が印刷されていた。

【湯田輝男《ゆだてるお》様】

母が横からダイレクトメールをのぞきこむ。

「住所はここだね。前に住んでた人かな？」

「湯田……」

その語感に、はっとする。玄関扉をあけて階段をあがり、二階の自室へ飛びこむ。クローゼットをあけ、上の棚に放置していた紙袋を引っ張り出す。それは引っ越してきた日に一度だけ見たおぼえのある、先住者のわすれていった荷物だ。紙袋に入っていたのは学校から配られたとおもわしきプリントの類《たぐ》いと、まったくひどい点数の答案用紙。あらためて名前の記入欄を確認したところ、持ち主の名前が記されている。

【三年二組・湯田光太朗《こうたろう》】

三年二組の湯田……。

ユダ……。

私は室内を見回す。答案用紙が手からすべり落ちた。たぶんここ、ユダの部屋だ。

私と母が引っ越してくる前に、この部屋をつかっていた人物こそが、おそらくユダだったのだ。

三章

1

今でも彼の夢を見る。

私は湯田光太朗といっしょに墓地をあるいていた。鴉《からす》が頭上を飛びかい、黒色の羽根がふってくる。お墓にお供えされた林檎《りんご》を手に取り、彼が私にむかってほうりなげた。キャッチして言われるままにひとくち齧《かじ》る。甘い果汁が口のなかにひろがって満たされた気分になる。光太朗は墓石に腰かけて空を見上げた。真っ黒な雲に空はおおわれている。

「契約を結ぼう」

光太朗が言った。風がふいて彼のやわらかそうな髪をゆらす。

「契約？」

「婚姻の契約だ」

心臓が高鳴った。頬《ほお》のほてりを感じながら、私はうなずく。

「いいよ」

「契約成立。婚姻により、きみの苗字は変わる」

もう荒井花ではない。今度から湯田花と名乗ろう。

光太朗が目をほそめて顔をよせる。これからキスをするのだ。しかし光太朗は、はっとした様子で私から距離をおく。彼の視線は私の後ろへとむけられていた。ふりかえると、そこに立っていた墓石の表面に【湯田光太朗】という名前が彫られているではないか。どうして彼の名前が？　そんな疑問を抱いたとき、食べかけの林檎が突然に腐り始めた。ひとかじりした箇所が黒ずみはじめたかとおもうと、形をくずしてやわらかくなる。手をはなすと林檎は落下して、地面でべちゃっと音をたてた。

同時に光太朗が血を吐いた。口から鮮やかな赤色の血をたらす。

「光太朗！」

私は彼の名前を呼ぶ。

地面に滴った鮮血は、まるで薔薇《ばら》の花のようだった。


おとなりの湯田家とは親が険悪な関係だった。光太朗の母親が一流商社につとめる旦那《だんな》の自慢話ばかりしていたものだから、母は湯田家を目の敵にしていたのだ。一方で私の母はおもいこみのはげしいところがあり、自分の憶測をさも事実のように話すものだから、光太朗の両親から毛嫌いされていたようである。

だけど子どもは別だ。私は湯田家の姉弟とよくいっしょに遊んだ。特に姉の湯田麻衣《まい》とは親しかった。彼女は植物が好きらしく、うちの敷地で咲きほこる花々をよくながめていた。私の母も植物に興味を示す麻衣にはやさしかった。

小学生の夏休みの自由研究として、蔓草《つるくさ》におおわれた荒井家の窓から、湯田麻衣といっしょにクマバチの観察をしたこともある。クマバチは蜂《はち》の一種であり、地方によっては【くまんばち】

とも呼ぶ。ずんぐりした体型で、頭やおしりは黒いが、胸のあたりだけ黄色の細かい毛におおわれていた。クマバチはうちの窓辺に咲いている花から、せっせと蜜《みつ》を回収し、どこかへはこんでいく。蜂にとって我が家は蜜の塊のように見えていたのかもしれない。

湯田麻衣はおすすめの少女漫画をいくつも貸してくれた。おかげでいつのまにか私もすっかり少女漫画が大好きになってしまう。単行本を買い集めるようになると、親にたのんで部屋に本棚を設置してもらった。

「この本棚、かたむいてない？」

湯田麻衣は私の部屋の本棚を見上げて言った。安物だったせいか、作りのあまいところがあった。だけど単行本が収納できればそれでいい。麻衣があそびにくると、いっしょに少女漫画を読みふけったものである。麻衣が小学校を卒業し、中学生になっても交流はつづいた。そのころ彼女はタロット占いにはまっていたらしく、私はその実験台になった。

「今、好きな子いるね？」

カードをならべて彼女は言った。

「いないよ」

「いるって、カードが言ってる」

「いないってば」

「いるのに気づいてないいんだよきっと」

「そんなことないよ。誰とかわかるのそれ。名前とか」

「そこまではわかんないよ。でもあれだね、その恋は実らんね」

「えっ……」

「やっぱ身におぼえあり」

「ないないない。全然ない」

ケーキを二人でほおばった。母が駅前から買ってきてくれたケーキは、ふわふわの生クリームがのっていた。食べ終わらないうちに玄関の呼び鈴が鳴る。

母が玄関扉をあける気配があった。私の部屋は階段をのぼってすぐの位置にあったので、部屋の入り口から顔を突き出すと、玄関先に立つ、すらりとした少年が視界に入る。湯田光太朗だった。

「姉ちゃん、来てますか？」

光太朗が母に聞いた。姉をむかえにきたのだろう。

「わっもうこんな時間！」

麻衣がそう言って階段をおりていく。私もそれにつづいた。靴をひっかけて出て行く麻衣に、玄関先で手をふっていると、光太朗が私を見ている。同い年の少年は、自分の口の横あたりを指で三回つついた。私は自分の口元をぬぐう。生クリームがそこについていた。はずかしくてこまっていると、湯田光太朗は目をほそめて微笑《ほほえ》んでいた。

家から出ない生活をつづけていると昔のことばかりおもいだす。今はもう、カーテンの隙間《すきま》からとなりの家をながめても、そこに住んでいるのは湯田家の人々ではない。ずっと空き家状態だった隣家には、今、母子家庭の親子が住んでいる。

私は家から出ないで一日を過ごす。部屋でずっと少女漫画を読んでいることもあれば、ゲームをプレイすることもあるし、テレビドラマをながめて終わる日もある。昼も夜も無関係だ。寝たいときに寝て、食べたいときに食べる。

私が中学校に復帰することを母はのぞんでいるようだ。今年度の担任教師もたまにやってきて部屋の外から話しかけてくる。荻野という女性教師だ。でも、勉強なら家のなかにいたってできる。しないけど。

退屈を感じないわけではなかったが、植物におおわれたこの家にこもっているのがもっとも安らかだ。退屈なとき窓辺から外をながめてすごす。家々の窓や、通りを行くサラリーマンや、小学生たちの姿を観察する。何時間でもそうしていられた。窓のそばまで植物におおわれているため、カーテンの隙間から外の世界をながめると、蔦《つた》や葉のむこうに人間の営みがひろがっているように見える。私にとっては平穏な日々だった。隣家の少女が訪ねてくるまでは。

その日、母が買い物に出かけるというから玄関で見送りをした。ついでに少女漫画雑誌を買ってくるようにお願いする。

「クリーニングに寄るから、帰りおそくなるかも。ここの鍵《かぎ》、おねがいね」

「うん」

母が扉をしめていなくなる。そのタイミングでガスコンロにかけていたヤカンが鳴りだした。

紅茶を飲むためにお湯をわかしていたのである。いそいで台所にむかうと、いきおいよく湯気が出ていた。火をとめて紅茶の用意をして二階の自室へむかった。窓辺でクロスワードパズルをやった。ボールペンを片手に問題集にとりかかる。蜜の回収にいそしむ蜂が、こつん、こつん、とガラス窓にぶつかって音をたてていた。十月はまだ蜂たちの活動期間だ。冬になると女王蜂以外の大半が死んでしまうけど。

一時間ほど経過したころのことだ。隣家の玄関から少女が出てくるのが見えた。母の話によると、その少女は私のひとつ年下で、おなじクラスに所属しているという。手足がほそく、やせている。長い髪を後ろのほうでひとつに束ねていた。体をうごかすのが好きらしく、最近はジョギングにはげみ、引っ越しの日はがらんとした部屋でたのしそうに踊っていた。たぶんあれは、クラシックバレエというものだろう。

私はカーテンの隙間から少女の姿を追いかける。少女は紙袋をかかえて通りに出ると、視界からはずれて見えなくなった。直後、うちの玄関の呼び鈴が鳴る。

私は部屋の入り口から玄関を見下ろした。扉のすぐ横に磨りガラスがはまっており、外に立っている少女のシルエットがぼんやりと見える。あの子、うちをたずねてきたらしい。返事をして玄関扉をあけるべきか、すこしだけまよった。しかし、面倒なので無視をする。本棚に背中をあずけるような格好で床にすわりクロスワードパズルへともどった。

何度か呼び鈴がならされた。はやくあきらめて帰りな、と心の中でつぶやく。しかし隣家の少女はそっとしておいてくれなかった。

「こんにちは」

少女の声とともに、玄関扉の開かれる音が階下から聞こえてくる。私はクロスワードパズルから顔をあげる。鍵はどうした？　かかってない？　そういえば、買い物へとむかう母から玄関の鍵を閉めるようにと言われていたのだった。ガスコンロの火を止めに行ったりしたせいで、すっかりそのことをわすれていた。

「だれか、いませんか？」

まさか勝手に家にあがってきたりはしないだろうね。それって侵入罪だよ。パズルの問題集とボールペンを置いて、床に四つん這《ば》いの状態になり、階段の手すりの陰から階下を見下ろす。

玄関扉がすこしだけ開かれて、紙袋をかかえた少女がうちのなかをのぞきこんでいた。これまでは自分がカーテンの隙間からのぞいていた側だったのに、今はのぞかれる側だ。

「あのう、いますよね？　荒井さん？　荒井花さん？」

少女は視線をさまよわせ、階段の上にいる私と、ついに目が合った。少女の表情が、ぱっと明るくなる。好奇心できらきらと目がかがやいていた。私はあわてて体をひっこませる。四つん這いのまま後退して自分の部屋の入り口へともどった。そのとき不幸な事故がおきた。

少女漫画の単行本を詰めこんだ本棚が、部屋の入り口付近の壁際に設置してある。そこにおしりがどかんとぶつかったのである。本棚がぐらりとゆれて、かたむいた。私の上に本棚の影がおおいかぶさってくる。咄嗟《とっさ》に頭をまもった。本棚から大量の少女漫画の単行本がすべり出てきてふりそそぐ。本棚が完全にたおれて、どかんと衝撃音をひびかせた。安物の本棚はかるい素材でできていた。それでも私はぎゅうっと上から押されて身動きができなくなる。這い出そうとしたが、無理だった。

大量のコミックスに埋もれながら、私は声をしぼりだす。

「……た、たすけて」

2

私は靴をぬいだ。たすけを呼ぶ声がしたからだ。荒井家の玄関は植物の香りにあふれている。扉をすこしだけあけて、家の中をのぞいてみたら、階段の上に少女の顔がちらりと見えて、すぐにひっこんで、直後、どたん、ばたん、と騒々しい音が二階から聞こえたのである。

他人の家に入るのは緊張した。あとで荒井のおばさんにしかられやしないだろうか。二階にたどりついて事態を把握する。階段をあがってすぐの一室が大変な状況になっていた。本棚が倒れ、その下に大量の少女漫画がちらばっている。さらにその下から、人間の腕が二本、突き出ていた。腕がぴくりともしないので、私はおもわずさけんだ。

「し、死んでる！」

だけどすぐに返事があった。もがくように腕がうごいて、くぐもった声が聞こえる。

「生きてるよ。ひっぱって」

「きみ、荒井花？」

「そうだよ。はやく出して。このままじゃあ、押し花になっちゃう」

うまいこと言ってる場合か、とおもいながら、私は二本の腕をひっぱる。手のひらはどちらも床側をむいているから、この子はうつぶせの状態で本棚と漫画にプレスされているようだ。両手をつかむと、彼女もまた、つよく私の手をにぎり返した。力をこめてひっぱる。いつかテレビで目にした牛の出産シーンのように、体が少女漫画の単行本まみれになりながらすぽんと出てきた。

床に引きずり出された彼女は、私の両手をつかんだまま、肩を上下させて呼吸をくりかえす。ぼさぼさの髪に、だるんだるんのスウェット姿だ。部屋の惨状と私の顔を交互に見る。背丈は私とおなじくらいだろうか。目鼻だちにどこか猫をおもわせる雰囲気がある。花屋敷から出てこない一匹の家猫というイメージを私は抱く。

「きみ、だいじょうぶ?」

「もしも死んでたら、きみのせいだった」

「どうして?」

「いきなり玄関のぞいてるからじゃん」

「鍵、開いてたからじゃん」

荒井花はすわりこんで頭をさすっている。怪我《けが》はないらしい。私の来訪におどろいて二階であわてていたら、本棚にぶつかって倒してしまったというところだろうか。彼女はふらつきながら立ち上がって私に聞いた。

「きみ、名前は?」

「黒柳徹子」

「それって芸能人じゃん」

「まちがえた。有栖川徹子だ」

「何しにきたの？」

「聞きたいことがあって」

「その前にこれ手伝ってくれる？」

私たちは二人がかりで本棚を立て直した。散らばった大量の単行本をひろいあつめてならべていく。まずは片付けを終えないと話をしてくれないらしい。しかし、彼女が無造作に本棚へ押しこんでいくのが気になった。たとえば一巻から順番にならべるのではなく、手に取った順に置いていくのだ。そのせいで一巻の次に最終刊の背表紙がならんだりもする。『ドラゴンボール』みたいに背表紙に続き物の絵が描かれていたらどうすんだよ、などと私はおもう。しかたなく彼女がならべたところを私が後から整理する。ついでに出版社ごとにコミックスの配置を変更し、作者の名前の五十音順に入れ替える。そんな作業をしていたら、いつのまにか荒井花はベッドであぐらを組んで漫画を読んでいた。

「きみはやらんのかい」

「ちょっと読みはじめたら、気になっちゃって」

散らかっていた漫画を片付け終える。あらためて部屋を見回し、窓辺へとちかづく。カーテンがほそい隙間の分だけ開けられていた。窓辺にからまった植物の蔦や葉のむこうに、私の部屋のベランダをながめることができた。

「いい部屋だね」

「そうかな。ここは物置にして、一階の部屋に移る計画もあるんだ」

私は持ってきた紙袋を荒井花に差し出す。読みかけの漫画を置いて彼女は受け取った。

「なにこれ」

「中のもの、見て欲しいんだけど」

紙袋からプリントの束を取り出す。

「その人のこと、しってる？　去年、三年二組だった湯田光太朗」

荒井花はおどろいた表情をする。私の部屋で発見された試験の答案用紙を見て、しかし彼女は首を横にふる。

「しらない」

「そんなはずないよ。おとなりさんで、おなじクラスで、席もひとつ前だったはずだよ」

「ほかに、どんなことしってる？」

「毒で殺されたって」

「毒？」

「アナフィラキシーっていう毒で」

「アナフィラキシーは毒じゃないよ」

「え？」

「アレルギー反応のひとつ。アレルギーってわかる？　蕎麦《そば》とか玉子とか食べると発疹《はっしん》ができる人っているでしょう？　ほかにも、小麦とか、エビとか、ところてんとかね。重いのになると呼吸できなくなって、結構、たいへんなことになる」

「ところてんで？」

「アレルギー持ちの人が、そういうのを食べたり触ったりすると、体がそいつを毒だとおもいこんでパニックになるんだ。それがアナフィラキシーショック。たとえば蕁麻疹《じんましん》が出たり、血管が拡張して口や喉《のど》が一気に腫《は》れたりする。気道が閉塞《へいそく》して呼吸困難におちいり命を落とす人だっている」

「くわしいね」

「そりゃあね」

大事なものをあつかうような手つきで、答案用紙を紙袋にしまって、それから彼女は言った。

「……だって光太朗を殺したのは私だから」


一階に移動して荒井花は紅茶をいれてくれた。リビングには花柄のカバーがかけられたソファーがあり、窓辺に鉢がずらりとならんでいる。紅茶のポットにさらさらとアール・グレイの葉が入れられた。お湯がそそがれると、いい香りがただよう。

湯田光太朗を殺した。彼女の突然の告白に私は頭が追いついていなかった。湯田光太朗というのは、私が正体を追い求めていたユダのことにちがいない。四人の妻に毒をもられて殺されたと聞いていたが、アナフィラキシーは毒でもなく、犯人は目の前の少女だという。わけがわからない。紅茶の支度をする荒井花に私は聞いた。

「私も殺す？」

「え？　なんで？」

「しってはいけない秘密をしったから」

「殺さないよ。でも、だれにも言わないで」

彼女は紅茶をカップにそそぐ。香りをふくんだ湯気がふんわりとたちこめる。

「きみはユダに何をしたの？　それが原因で、呪《のろ》いの噂《うわさ》がひろまったんじゃない？」

「呪い？　なにそれ」

「四人の妻がいて、毒を盛られて殺されたって」

「まじか。そういうことになってんのか」

ユダの呪いについて一切のことをしらないようだ。ずっと学校に来ていないのだから当然か。

「私の席、ユダのすわってた席なんだ」

「そこが呪われてるの？」

「おかげでひどいめにあってる。ユダが死んでないってことを証明できれば、呪いも解けるはずなんだけど。まさかほんとうに殺されていたなんて」

テーブルでむかいあわせになって私たちは紅茶を飲んだ。しぶかったので私は砂糖をたくさんいれる。カップのなかを見つめながら彼女は言った。

「私が殺したって、さっきは言ったけど、実はよく、わからないんだ」

「え？」

「もしも死んでたら、私が殺したってことになる。でも、死んでなかったら、私は無罪」

「死んでない可能性もあるってこと？　どういう状況だそれ？」

「大人たちはあいつが無事で転校したって言ってる。でも、私を悲しませないために嘘《うそ》ついてるのかも。みんなは私が犯人だってしらないわけだし。あれは事故だったとおもいこんでる。光太朗は死んだのかな？　それとも、どこかで今も暮らしているのかな？」

「最後に見たのはいつどこで？」

「去年、教室で。あいつ、苦しそうだった……。救急車ではこばれて、それっきり……」

彼女はだまりこんだ。それ以降、湯田光太朗に関する話題には無反応となり、ふたりでしずかに紅茶を飲んだ。少女漫画の単行本を何冊か借りて、その日は荒井家を後にした。


その晩、自宅の風呂場から私は父に電話をかけてみた。風呂場と言っても入浴中ではなく服は着たままだ。電話のむこうで父はいそがしそうだった。大勢の人の行き交う気配や、パトロールカーのサイレンらしきものが聞こえてくる。

「今、外？」

「ああ、現場にいる。人が殺されたんだ」

「今日も物騒だね」

「おまえも気をつけなさい。戸締まりをしっかりするんだぞ」

「犯人は見つかった？」

「まだだ。でも、あやしい発言をしたやつがいてね。これから矛盾をついて追い込んでみよう」

刑事というとこわいイメージだけど、父はむしろさえないサラリーマンのような外見だ。犯人はそこに油断してつい口をすべらせてしまうことがあるという。

「ところで、いくつか聞きたいことがあるんだけど。今度、学校の演劇でミステリものをやるんだ」

「なんだか、ママみたいだな。ママとしりあったとき、そんなふうに声をかけられたんだ。ミステリ小説を書いてるから、捜査のことをおしえてくださいって。なつかしいよ。あれは何年前だったかなあ」

「去年、中学生が同級生に毒殺された事件ってある？　もしかしたら毒殺じゃなくて、アナフィラキシーなんとかってやつかもしれない」

「アナフィラキシーショック？　アレルギーのことかな？」

「そう、それ」

「同級生が毒殺というのは、たぶんなかったとおもうよ。だけど、アレルギーで亡くなった子は全国でも何人かいたなあ。中学生だったか、小学生だったか、おもいだせないけど。毎年そういう事故がおきてるんだ。学校の給食にまじってるのを気付かずに食べちゃったりしてね」

私はひそかにぞっとする。もしかしたらそのうちの一人が湯田光太朗かもしれない。

「もしも同級生が死んだら、そのことを大人たちがかくすことってある？　たとえば、おなじクラスの子たちが悲しまないように、転校していったんだって嘘をつくことはある？」

「嘘をついたってばれるさ。ほんとうのことを言って、お葬式に来てもらうんじゃないかな？」

「そうだよね、やっぱり」

「他に聞きたいことはある？」

「またおもいついたら電話してもいい？」

「いつでも、よろこんで」

短くわかれを告げて電話を切った。浴室のタイルをながめながら私はかんがえる。荒井花はもしかすると、湯田光太朗が死んでしまったとおもいこんでいるだけではないのか。私はそんな気がしていた。私にとってそれは好都合だ。彼が生きている確かな証拠を見つければ、ユダの呪いとやらは消えてくれるはずだから。

3

有栖川徹子と話をした日の晩、私は部屋を暗くして、窓辺で昔のことをおもいだしていた。

あれは中学二年のバレンタイン直前だった。放課後のグラウンドで、サッカー部員たちが練習をしていた。そのなかに湯田光太朗がいて、私は遠くからそれをながめた。練習帰りに光太朗の背中を追いかけて私は移動する。ストーカーをしていたわけではない。家がとなりあっているので、ごく自然と後をつける形になってしまうのだ。だから決してストーカーではない。

路地を曲がったとき、後ろから自転車がやってきて声をかけられた。ふたつ年上の湯田麻衣が、キュッと自転車のブレーキ音をひびかせて私の横に止まる。

「花、乗ってく?」

彼女は私服姿だった。高校から帰宅しておつかいにでも出かけていたのだろう。自転車のかごにスーパーの袋が入っている。

「遠慮すんなって。乗ってきなよ」

「いやでも、法律違反だし」

「いいじゃん。ちと話もあるし」

私は自転車の荷台へ横向きに腰かけた。片方の腕をかるく彼女のおなかにまわし、もう片方の腕で膝《ひざ》の上においた鞄《かばん》をおさえる。彼女がペダルをこぎはじめると、最初のうちはふらついて危うかったが、やがて安定する。住宅地をゆっくりと二人乗りの自転車ですすんだ。自分が足をうごかさなくても、景色のほうが後方へと流れていく。薄桃色にそめられた冬の空を、五線譜のように電線が横切っている。

「引っ越しの話、光太朗から聞いた?」

前方に視線をむけて麻衣が言った。

「夏前に、引っ越すの」

彼女はそれからだまりこくって慎重に角をまがる。湯田家が引っ越すということは、光太朗も転校してしまうのだろうか。信じがたいことだった。幼稚園や小学校でもいっしょだったし、この先もずっとそばにいるものだとおもっていた。がたん、とおしりに振動がくる。自転車のタイヤが段差を踏み越えたようだ。

「光太朗！」

麻衣が前方にむかって声をだす。彼女の肩越しに、光太朗の後ろ姿が見えた。スピードをゆるめて自転車は彼の横に停止する。

「乗ってく？」

麻衣がそう言うと、光太朗は私をちらりと見る。夕日でほんのりとそまった彼の顔から私は目をそらす。

「三人はちょっと無理じゃないか？」

「子どものころ、よくやったじゃん」

「姉ちゃん、あのときとはさあ、ちがうんだぜ」

光太朗は声変わりして低い声だ。

小学校低学年のとき、大人用の自転車で三人乗りをしたことがある。麻衣がサドルに腰かけてペダルをふみ、私がその背中にくっつくように荷台へまたがる。さらにその後ろ、光太朗は荷台の端っこに両足をそろえて直立した。その様はまるでサーカスの曲芸師だ。彼は私をはさみこむようにしながら麻衣の両肩に手をのせて体をささえる。悲鳴と笑い声を交互にあげながら三人乗りの自転車でゆるゆると家の前を出発し、公園を一周し、それから大人たちに見とがめられてしかられたりもした。麻衣がわざとすべり台の下などの低いところを通過すると、光太朗は身を伏せなくてはならず、私におおいかぶさるような形となった。顔がちかくなって、くすくすとわらったものだ。

だけどもう体のおおきさがちがう。私が腰かけると、自転車の荷台には、光太朗の立つスペースはない。そもそも、中学二年生の体をふたつも荷台に乗せて、麻衣は前にすすむことができるだろうか。

「つまらないもんだね。大人にちかづくってのは」

「これだけでも、乗っけてよ」

光太朗は肩にかけていたリュックを自転車のかごに乗せようとする。しかし麻衣は手で制した。スーパーの袋をかばうように彼女は言った。

「駄目！　お豆腐つぶれる！」

「じゃあ、花、お前が持ってろ」

「う、うん、わかった」

差し出されたリュックを私がうけとる。自分の荷物といっしょに膝の上へ置いた。やわらかい生地の、くたびれたリュックだ。麻衣がふたたびペダルをこぎはじめると、光太朗の姿が後方に遠ざかる。手ぶらで自転車を見送る彼の姿を私は目にやきつける。

引っ越していく。彼がいなくなる。その事実に私は息が苦しくなった。その未来をどうすればいい書き換えられるだろう。あるいは、引っ越した後もこの関係性を保っておくにはどうすればいいのだろう。悩んだ私は、意を決して、とあるプレゼントをおもいつく。それは一枚の紙切れだ。バレンタインのチョコに忍ばせて……。

そこから先は、おもいださないようにする。

彼は生きているのだろうか。一年以上もの間、かんがえないようにしていたことだ。おそろしい事実なら、しらないままのほうがいい。彼の生死にまつわる情報が耳に入ってこないよう、気をつけながら生きていた。外の世界とできるかぎりの断絶をしていたのはそのためだ。シュレディンガーの猫という言葉がある。箱をあけるまでは、中にいる猫が死んでいるとも生きているともわからない状態。どちらの可能性ものこされている世界。私はその世界を守っている。

私はカーテンの隙間から有栖川徹子の部屋の窓を見つめる。明かりはともっていない。昨年の夏までは光太朗が使っていた部屋だ。小学生のころ、おたがいの部屋の窓越しに目が合って手をふったものだ。年頃になってからはそんなことはしなくなって、彼はいつもカーテンを閉めていたけれど。

突然にたずねてきた有栖川徹子が、今はもう自分に無関係だとおもっていた世界から言葉をはこんできてしまった。あの忌まわしい三年二組の教室にユダの呪いがのこっているという。生きているのだろうか。それとも死んでいるのだろうか。

窓辺がほのかに明るくなった。有栖川徹子の部屋の電気がついたのだ。カーテンをよけて細身の少女のシルエットがあらわれる。有栖川徹子だ。彼女は窓をあけてベランダに出てくると、こちらをうかがうように縁から身を乗り出した。私の存在に気付くと、手をふってジャンプしはじめる。

私はその様子をだまってながめる。そういえば、引っ越しの日にこの子がベランダから落ちるのを見たっけ。今日も何かやらかしてくれるかもしれない。

彼女の部屋のベランダには物干し竿がひっかけられていた。何度目かのジャンプで有栖川徹子はそこに頭をぶつけてしまう。顔をしかめた彼女が、物干し竿をパンチで攻撃した。すると、ホルダーにひっかけられていた箇所がはずれてしまい、物干し竿の一方の端が彼女の頭頂部に落ちて、こん、といい音をさせた。彼女は頭をおさえてうめく。

私はあきれて窓を開けた。カーテンが風をはらんでゆれる。隣家のベランダはすぐそこにあり、会話に支障のない距離だ。

「きみって、ドジだねえ」

「きみがはやく出てこないからじゃん」

「出てこいなんて、きみ、言わなかったじゃん」

「花、明日もそっち行っていい？」

「なんで？　光太朗のこと？」

「漫画貸して。持ってきたの、全部、読んじゃった」

風が心地よかった。窓を開けるのはひさしぶりだ。ひんやりとした空気に、もう秋なんだなとおもう。耳をすますと夜の住宅地にも様々な音があった。犬がどこかでほえるような声、はるか遠くから聞こえてくる救急車のサイレン。電車の音が夜空をわたってくる。急に、胸がしめつけられた。

「どうしたの、花？」

有栖川徹子が私を見ている。世界が現在進行形でうごいていることを、夜のしじまのなかに、感じていた。同時にまた、自分の時間が停止していたことも実感する。私はふと、おもいがけないことを彼女に提案した。なぜそんなことを言ったのだろうかと、自分でも不思議におもう。

窓辺にあらわれて手をふってくれた有栖川徹子が、彼に重なって見えた。かつておなじベランダで、私に手をふってくれた彼の姿に。すると、こわくて見ようとしなかったものに、立ち向かう勇気が芽生えてきたのだ。自分は罪の意識から逃れるために閉じこもっていた。あるいは、そうしていることが何かの償いになるんじゃないかとおもいこんでいたのかもしれない。

「かんがえてみたんだけどさ、光太朗が生きてるのか、それとも死んでるのか、しらべてみようかな。気になってきちゃった」

4

中学校から帰宅し、返却する少女漫画を持って荒井家をたずねる。呼び鈴をおしてすぐに玄関扉がひらかれた。おばさんは出かけているらしく、家にいるのは花だけのようだ。

二階の彼女の部屋で私たちは今後の打ち合わせをした。湯田光太朗の生死を確かめるための作戦をたてる。花は湯田家の引っ越し先の住所をしらないようだった。花の両親と湯田家の両親はつきあいがわるかったらしく、そもそも引っ越し先の住所を教わっていない可能性があるという。中学校の教師に聞けばおしえてくれるだろうか？　彼女がお願いすれば、元同級生の引っ越し先くらいわかるだろうし、それ以前に、生きているのか死んでいるのかもはっきりするのではないか。しかし花はそれをいやがった。

「急に答えをつきつけられるのがこわいんだよ。ショック死するかもしれない。もっとこう、うっすらと目をほそめて、すこしずつわかっていくように、時間をかけて認識したいんだよ、光太朗の生死を。もっと遠回りして結果に行き着きたいわけ。これは旅をするようなものなんだ。目的地に行きたいだけなら飛行機に乗ればいい。だけど私は鈍行の電車でゆっくりと行きたい。事実にちかづいているという実感がほしいんだよ。それがなければ私の心は、何も受け止められないとおもう」

面倒くさいやつだ。しかし花は本気でそうかんがえているらしく真剣な表情である。

「じゃあどうすればいいわけ？」

「湯田輝男って名前、おぼえてる？」

「だれだっけ、それ」

「光太朗のお父さん」

「ああ、そうだった、そうだった」

うちに届いたダイレクトメールの宛先《あてさき》に書かれていた名前だ。

「光太朗のお父さん、たしかコバルト商事って会社に勤めてる。まずはそこから攻めてみたい」

彼女の提案はこうだ。まず、私がコバルト商事に行き、受付で湯田輝男を呼び出す。受付の人は私に用件と素性をたずねるだろう。そこで私は彼の息子だと偽り「進学のことで早急に相談したいことがあるので会社まで来てしまった」というようなことを説明する。

「私がユダになるの？」

「そうだよ。男の子の変装しておくの」

「なんで？」

花から教わった情報によれば、ユダこと湯田光太朗には姉がいたはずだ。それなら、男の子の変装をして呼び出すよりも、姉と名乗ったほうが手間がかからない。

「理由がある。きみは受付で光太朗という名前を口にしなくちゃならない。コバルト商事の近くにはソランっていう喫茶店があるから、そこに来るように言って」

私は喫茶店に移動して湯田輝男が来るのを待つ。しばらくすると彼は店内にあらわれるだろう。その際、もしも息子が生きているのであれば「せがれはどこかな？」という顔で喫茶店を見回すはずだ。しかし息子が死んでいるのであれば、きっとすごい顔で登場するはずだと花は言う。

「だって死んだはずの息子が喫茶店で待ってるんだよ。そりゃあ、あせるよ。それこそ、幽霊でも見るような顔でやって来るはずだ」

「ちょっとまって。私は湯田輝男を名乗って、湯田光太朗を呼び出してもらえばいいんだっけ？」

「どうしてお父さんの方を名乗るのさ」

「あれ？　輝男がお父さんだっけ？　ユダはどっち？」

「どっちも湯田なんだってば」

「どっちもユダ？　ああ、苗字の湯田のことか」

混乱する私のために、花は一連の流れをメモ用紙に書いてくれた。椅子の上に両足をのせて膝を折りまげるような格好でボールペンをはしらせる。

「喫茶店に移動したら変装を解いていいからね。しらないふりをしながら、横目でユダ父の表情を観察するんだ」

なんともまわりくどいやりかただ。しかし花にとってはそのくらいのやり方でないと無理なのだろう。生死不明のユダという存在は、彼女にとって深い穴みたいなものらしい。彼女は足をすべらせてそこに落ちていかないよう、遠まきにそっとのぞきたいのだ。

「でもさ、なんで私がやるの？　きみがやるんじゃだめなの？」

「私はユダ父に顔をしられてる。喫茶店でゆっくりと表情の観察なんかできない」

「この髪はどうすんの。男の子に変装するってことは、切らなくちゃいけないの？」

私は髪をのばしている。後ろで束ねて、尻尾《しっぽ》のようにたらしていた。花は立ち上がり、帽子をクローゼットから出してくる。野球選手がかぶっているような、いわゆるキャップである。

「これで隠せばいいよ。ついでに服の候補もえらんでおこう。男子っぽい服、もってる？」

「ちょっとさがしてくる」

一度、自宅にもどってそれらしい服を選んでくる。荒井家の一階のリビングにおおきな姿見があった。その前に衣類を持ち寄る。花は鏡の前で、男の子に見えそうな服を私に重ねた。私は髪をおだんごにしてキャップをかぶる。男の子らしい顔つきをしてみせたりする。候補をしぼりこみ、実際に着替えて、変装用の服の上下が決定した。体の線が見えないような大きめのパーカーと、ラッパーが穿《は》いてそうなだぶだぶのズボンだ。

「じゃあ、これで決まりだ」

私は変装を解く。髪も元通りにして、鏡に映る本来の自分とむきあう。

すこし重なるような位置で、花が私の横にならぶ。

「よろしくたのんだよ、アリス」

「アリス?」

「そうだよ。きみ、有栖川じゃん。だから、アリス」

私はおどろいて、まじまじと鏡に映る自分の顔を見つめた。アリスという呼び名と自分が一致する。おお、なんか、しっくりきたぞ。これまでそう呼ぶ人はいなかったので、とまどったけれど、アリスという響きのなかに私は確かさのようなものを感じたのだ。

四章

1

仮病をつかって学校を休んだ。都内の出版社で打ち合わせがあるというので、母は昼前に出かけていく。看病できないことをあやまられたが、母がいなくなることは承知済みだ。花から渡されていた衣類を身につけて私も家を出る。

計画実行は平日でなければならなかった。休日は湯田輝男の勤めるコバルト商事も休みのはずだ。曲がり角のカーブミラーを見上げて、自分の格好が不自然でないかを確かめる。髪はおだんごにしてキャップのなかへ。パーカーのフードもかぶり、男子っぽく肩をはってがにまたであいてみる。私と花にとっての長い長い一日は、こうしてはじまったのである。

電車を乗り継いでオフィス街へとむかった。車窓から青空が見える。次第にビルの密度がふえてきて電車は都会へと入っていった。スーツ姿の大人たちにまじって改札を抜ける。派手な色のついた服装に身を包んでいるのは私だけだ。折りたたみ式の携帯電話をとりだして、ぱかっと開けた。事前におそわっていた花の連絡先にかけてみる。ちなみにストラップは外しておいた。色合いが女の子すぎて、男子の変装にそぐわないからだ。

「もしもし、花？」

「アリス、今どこ？　コバルト商事、見つかった？」

「まだ。これからさがす」

駅前はうすぐらい。周辺のビルが陽光をさえぎっていたからだ。ビルとビルの隙間《すきま》に青空がのぞいて、そこに黄色い気球がうかんでいる。

「ねえ、気球が飛んでるよ」

「飛行船でしょう?」

「飛行船? 気球じゃないの? なんでわかんの? そっちからも見えんの?」

「気球は普通、町の中を飛び回らないし」

「そういうもん?」

花は自宅にいる。私ひとりで湯田輝男の勤め先に行かされるのは不公平だが、ひきこもりの彼女は外へ出たがらなかった。自室で私の報告を待つという。

通話を切ってコバルト商事をさがしながら移動する。都市をさまよっているとき、すこし不安になる。そんなとき、見上げた先のほそい青空に、黄色の物体がうかんでいるのを確認する。飛行船はビルのむこうにかくれたり、また出てきたりしながら、私をほっとさせる。

やがてコバルト商事を発見した。他のどの建物よりも巨大で、黒色の外壁は威圧感と高級感がある。正面玄関の両側にライオンの像が配置されていた。となりのビルの一階に喫茶ソランの看板を見つける。これで準備万端だ。携帯電話をぱかっと開けて花と連絡をとった。

「今から会社に入るよ」

「このまま電話をつないでおこう。名前、まちがえないでよ」

「湯田輝男だよね」

「お父さんがね。せがれは湯田光太朗」

「ややこしいな！」

実を言うとこの段階に至っても、父と息子の名前をよくまちがえていた。本番で混乱しないように気をつけなくてはならない。父が湯田輝男、息子が湯田光太朗、そして私は有栖川徹子。くりかえし頭のなかで唱える。父が湯田輝男、息子が湯田光太朗、そして私は有栖川徹子。携帯電話を耳にくっつけたまま、私はコバルト商事の正面玄関を抜けた。

広々としたエントランスは、せきばらいがひびくほどにしずかだった。名刺を交換する背広の大人たちがいる。

「なんか大人社会」

「受付ある？」

「あるよ」

警備員の視線に緊張しながら、キャップをふかくかぶって受付にむかう。顔立ちのととのった女性が受付嬢をしていた。携帯電話の通話を保持したまま手を自然体の位置までおろす。父が湯田輝男、息子が湯田光太朗、そして私は有栖川徹子。私は男子を装って低い声で受付嬢に話しかけた。

「あのう、湯田輝男という方はいらっしゃいますか」

「部署はおわかりですか？」

「部署？　いや、ちょっと」

受付嬢はキーボードをたたく。

「第三企画室の湯田輝男でよろしいでしょうか?」

「はい。その湯田輝男で」

「お名前いただいてもよろしいですか?」

「えっと、私は」

そう言ってしまい、はっとする。いつもの癖で【私】という人称をつかってしまったが、この年頃の男子は【俺】と言うべきだったんじゃないか。あるいは【僕】かもしれない。失敗した。言い直すべきだろうか。いや、【私】で押し通すことにしよう。言い直すと不審がられるかもしれない。「私は」につづく名前、それをまちがえないことのほうが重要なのだ。「私は」の次は何だっけ? 混乱する頭の中に、何度もくりかえし唱えた言葉がおもいだされる。父が湯田輝男、息子が湯田光太朗、私は……。

「有栖川徹子です」

「有栖川様ですね」

にこやかに復唱する受付嬢の言葉に私はあわてた。自分の名前が、するっと口から出てしまうなんて。

「いや、あの……」

訂正すべきか迷っていると、受付嬢が首をかしげる。壁際に立っている警備員がさっきからこちらを見ている。私は首をふり「何でもありません」と告げる。受付嬢は内線電話をかけはじめた。

「湯田係長にお客様です。はい、一階ロビーでお待ちです。いかがいたしましょう」

「あの、となりのビルの喫茶店で待ってますので。ソランって喫茶店です」

私は受付嬢に言った。彼女はそのことを湯田輝男に伝えてくれる。

「お客様、ソランでお待ちになるそうです。はい、おとなりの一階にあるお店です」

私は逃げ出すようにその場をはなれた。用件を問われる前にコバルト商事のエントランスから脱出する。握りしめていた携帯電話の表面は私の手汗でしめっていた。まだ通話中である。コバルト商事から距離をおくように歩道をあるきながら私は携帯電話を耳にあてた。

「もしもし、花、おわったよ」

「アリス……、たしかに、おわったね」

花の声が聞こえてくる。うらめしそうな声だった。

「計画失敗。完全におわった。きみ、受付で何て言った？」

「別に、何も」

携帯電話のマイクが受付嬢とのやりとりをひろっていたのだろう。花は私の失敗の一部始終を聞いていたようだ。

「何度も言ったじゃん。そこは湯田光太朗っしょ。なんで自分の名前言うの！」

「え、言ってないよ」

「言ったたっしょ」

「あ、ごめん、電波状況が」

私は携帯電話をそっと閉じた。

街路樹のそばで一息つく。飛行船をさがしたが、もう見えなかった。


喫茶ソランはオフィスビルの一階にあるおしゃれな店だった。大人たちがノートパソコンをひろげて仕事をしている。私は席につくと帽子を脱いでテーブルにおいた。髪留め用のゴムをはずして髪をおろす。オレンジジュースを注文して、さあどうしようか、とかんがえた。

携帯電話はひとまず電源を切っておいた。花からの着信でひっきりなしに振動していたからだ。

計画は失敗だと彼女は言った。まったくその通りだ。受付で私が口にしたのは光太郎の名前ではなく自分の名前である。だから、この喫茶店に湯田輝男がやってきたとしても、彼がそのときさがしているのは息子ではなく、自分を呼び出した有栖川徹子という人物のはずだ。その表情から光太郎の生死など判断できるわけがない。だからもうこの喫茶店に用はないのだが、せめて湯田輝男の顔だけでも見ておこうと、私は店内に足を踏み入れたのだ。

椅子《いす》の背もたれによりかかって腕をだらんとたらす。窓の外に都会の風景がひろがっている。今日は無駄な一日をすごしちゃったなとかんがえる。本来なら中学校の教室の呪《のろ》われた席で授業を受けているはずだった。陸奥睦美やその他のクラスメイトの顔をおもいだす。リレー優勝に貢献して以降も私の教室での境遇はかわらなかった。手羽先を投げつけてきた千葉裕也のように陰口をたたく奴はいなくなったが、クラスメイトと自分との間には依然として距離がある。

店員がオレンジジュースをテーブルにおいた。老紳士が店内に入ってくる。おそらく湯田輝男ではない。あまりに年寄りすぎる。

この際、学校に問いあわせて、湯田光太朗という生徒の生死を直接に確認しようか。花は遠回りな方法でやりたいようだけど、しったことか。そもそも花にとって湯田光太朗とはどんな存在だったのだろうか。やっぱりあれだろうか。好きだったのだろうか。恋愛感情などというものを抱いていたのだろうか。そういえば私はまだ、特定の男子のことを心から好きになったことが一度もない。ちょっといいんじゃないか、という男子を見かけても、何日かするとわすれてしまう。あるとき急にさめてしまうのだ。

「あのう、有栖川さんでしょうか」

突然、声をかけられた。さきほど店に入ってきた老紳士である。中折れ帽をかぶっており、目はぎょろりとして、くちびるは分厚い。背中をまるめるようにしながら、椅子にすわっている私と視線の高さをあわせていた。

「……いえ」

私がそう言うと、彼は私に会釈してぶつぶつ言いながら店内を見回す。

「帽子の女の子、帽子の女の子……」

彼のつぶやきが聞こえた。ゆっくりとあるく様はどう見ても老人である。今度はすこしはなれた席のニット帽をかぶった女性に声をかける。だれかをさがしているようだった。

たぶん、湯田輝男だ。予想していたよりもおじいちゃんだったな。帽子の女の子をさがしているのは、受付嬢に私の外見を聞いたからだろう。私は男子の格好をしていたのに、受付嬢は私を女の子と見破っていたようだ。それとも、有栖川徹子という名前のせいでばれたのだろうか。携帯電話の電源をいれて花に報告する。

「もしもし、花？　電波もどったみたい」

「嘘《うそ》つけ。今、どこ？」

「ソラン。いまユダ父あらわれた。ユダ父っていうより、ユダじいって感じだけど」

「そんなに老けてたかなあ？　とにかくまずはその店を出なさい」

「わかった。ちょっと待って」

いそいでオレンジジュースを飲む。湯田輝男が向かいの席にすわって店員に珈琲《コーヒー》を注文していた。それからこちらに視線をむけてくる。私は目をそらし、キャップをテーブルの下にかくした。ジュースをすっかり飲み干して席を立つと、会計を終えて喫茶ソランを出た。

2

しばらくするとアリスからの着信が入る。彼女は喫茶ソランを出た後も湯田輝男の動向を窓の外から観察していたという。彼は珈琲を一杯だけ飲むとコバルト商事にもどったらしい。

「それできみは、今どこにいるの？」

「駅にむかってる。作戦も失敗したことだし、ここに用はないよね？」

「まだおわってないよ。会社の前にもどって」

私は頭のなかで計画を組み立てなおす。

「夕方になったらさ、光太朗のお父さん、家に帰るよね。出てきたところを尾行するんだ。そしたら湯田家が突き止められるでしょう。それを張り込みさえすれば光太朗が生きてるかどうかもわかるじゃん？」

「まだつづけるの？　やだよう、夜になっちゃうじゃん」

「きみが受付で自分の名前、言うからじゃん」

アリスはしぶっていたが、最終的にはひきうけてくれた。自分が作戦失敗をまねいたという負い目があるらしい。現在の時刻は午後二時。湯田輝男が会社を出て帰路につくのは何時間後だろう。その間ずっと、彼女はコバルト商事の正面玄関をこっそり見張っていなくちゃならないことになる。

「ごめんよアリス、この償いはきっとする」

「まあいいけど。ところでさあ、花、外にいる？」

「いないよ。なんで？」

「なんとなく電話越しに車の音がしたような」

「気のせいだよ」

通話を終了して私は携帯電話を上着のポケットにしまう。空を見上げて飛行船をさがしたけれど、もうどこにもいなかった。陸橋の手すりにもたれかかって都会の町並みをながめる。私の足の下を車が行き交っていた。携帯電話のマイクが車の音をひろってしまったようだ。

本来は自宅で報告を待っているつもりだった。アリスにもそのようにつたえている。外には出たくないという、ひきこもりとしてのプライドがそうさせた。この半年ほどの間に、外に出たら負けという意識が芽生えており、外出をうながす母や担任教師の言葉にも耳を貸さなかった。

ひきこもっていたのは、元はと言えば、光太朗の生死をしってしまうのがおそろしかったからだ。だけど彼の生死を調査する日がおとずれてみれば、もう自宅でじっとしていることができなかった。身なりを整えて靴を履き、玄関扉を開けて外に一歩を踏み出したのである。しかし、電車を乗りついで都会に来てみたものの、すっかり道にまよってしまい、目的のビルまでたどりつく前にアリスが行動をおこし、現在に至るというわけだ。さて、どうしようか。陸橋をはなれてビルの間をさまよう。

コバルト商事らしき建物を発見したのは一時間後のことだ。男装のアリスがそこにいた。ビルの正面玄関のそばにライオンの像があり、その台座によりかかって暇そうにしている。しかし声をかけることはしなかった。私はコバルト商事とアリスを同時に観察することにした。

コンビニエンスストアで四コマ漫画の雑誌を買ってきてビルの物陰で暇をつぶす。アリスは一定の時間おきに場所を変えていた。道路をはさんだむかい側に移動してみたり、近隣のビルのオブジェに身をかくしてみたりする。時間の経過とともに緊張感はうすれていった。アリスはビル周辺の広場でバレエの練習をはじめる。かろやかにステップをふんで回転するアリスを、喫煙所のサラリーマンたちが見物し、拍手をおくっていた。

湯田輝男が帰路につくのはおそい時間かもしれない。残業などで終電ちかくまで仕事をする日もあるだろう。しかしまだ夕日にもなっていない時刻のうちに事態が急転する。

「もしもし、花、ユダ父が出てきた。タクシーでも待ってるみたい。帰るのかな」

私の携帯電話にアリスからの着信があった。ビルの物陰から私は顔をだし、アリスをさがす。

「きみ、今どこ?」

「会社のそば。木にかくれてる」

いた。アリスは植え込みの背後にひそんで携帯電話に話しかけていた。彼女の目は道路脇の人物にむけられていた。そこで私はとまどってしまう。湯田輝男がいるとアリスは言った。だけどそれらしい人物がどこにも見当たらなかった。アリスの視線の先には、湯田輝男とは似ても似つかない老人が立っているだけだ。

老人は手をあげてタクシーを止める。後部座席にのりこんだと同時に、アリスも植え込みから出た。

「ユダ父、タクシーにのった。私も追いかける」

事態を把握するよりも先に、アリスは別のタクシーを止めて乗りこんだ。前のタクシーを追うようにと運転手に告げている声が、携帯電話越しに聞こえてくる。どこでどのような誤解が生じたのか、アリスはさきほどの老人を湯田輝男だとおもいこんでいるらしい。

ともかくそのことをアリスに伝えよう。きみが追いかけている老人は、光太朗とは何の関係もない別人だよ。きっと湯田輝男は会社にいなかったんだ。受付からの連絡を聞いて、同じフロアの別の人間が喫茶ソランにあらわれたんじゃないかな。きみはそれを湯田輝男と誤解してるんだ。しかし、それを伝えるよりも先に通話が途絶えた。私の携帯電話の液晶画面には、バッテリー切れを示すマークが表示されている。

3

「あのタクシーを追いかけてください!」

私は運転席と助手席の間から前方を指さす。湯田輝男がタクシーに乗りこんで、すぐさま二台目が来たのは幸運だった。白髪で眼鏡をかけた運転手は、私の依頼にすこしおどろいていたけれど、ともかくタクシーは発車して料金メーターがまわりだす。前のタクシーが交差点を右に曲がると、私が乗ったタクシーもおなじ方向にむかう。冷静になってみると、家と会社をいつもタクシーで通勤しているとはおもえない。ふつうは電車などを利用するのではないか。それなら、湯田輝男はどこへ行くのだろう。花のために行き先だけでもつかんでおきたいところだ。

つかずはなれずの間合いをとりながら、白髪の運転手は前のタクシーを追いかけてくれた。ほかの車が間に入り、交差点でひきはなされそうになったが、巧みな車線変更をくりかえして再びタクシーを視界のなかにとらえる。やがてオフィス街を抜けて海が見えた。橋をわたると、すこしずつ郊外の景色へと変化する。しかし、料金メーターに表示された金額を見て私は愕然《がくぜん》とした。財布を取り出して手持ちのお金を確認すると二千円程度しかない。

「あの、ここでいいです」

そう伝えると、白髪の運転手はバックミラー越しに私をちらりと見る。

「追いかけなくていいの？」

「もうここで」

そのとき、料金メーターがまたあがった。表示された金額は二三五〇円。

「う、ちょっと足りない」

財布の小銭を数える。

「お金がないの？」

「……はい、ここでおります」

足りない分はどうしようか。しかし運転手はブレーキをふまない。前方のタクシーをじっと見ている。湯田輝男の後ろ頭が、前方のタクシーのリアウィンドウ越しに確認できた。彼は中折れ帽をかぶっているため、シルエットが特徴的な輪郭となる。

「あの人と、どういう関係？」

運転手の問いに私は即答できない。友人が殺した可能性のある男子生徒のお父さんで、その家をつきとめるために追いかけているなんて、言えるわけがない。ひとまず嘘をつくことにした。

「……父です」

「お父さん？」

前方で道路が左右に分岐していた。どちらにむかうのだろう。白髪の運転手はバックミラー越しに私を気にしながら運転する。

「どうしてお父さんを追いかけてるの？　浮気の調査？」

「浮気なんて」

私はふと、自分の父の顔をおもいだす。

「そんなこと、しませんよ……」

「じゃあ、なんで？」

「家を出たきり、帰ってこないんです。ここで見失ったら、もう二度と会えないかも……」

「なんで家を出たの？」

「たぶん、大人の事情です」

赤信号が点《とも》って前のタクシーが停止する。間に一台はさんで白髪の運転手もブレーキをふむ。横断歩道を男女が行き交い、すれちがっているのが見えた。私はぼんやりと、自分の両親のことをおもいだす。

両親の離婚は先月のことだから記憶にあたらしい。そのころ私の自宅は都内のマンションにあった。バレエ教室からもどってみれば、母が何やら荷造りしている。どこか旅行に行くのかとおもったら、父とわかれたと告げられておどろいた。それらしい前触れもなく、両親の仲も険悪ではなかったとおもう。だけど確かにすれちがいのおおい二人ではあった。何よりも母は、ほれっぽい女で、タイプの男性は父と真逆なのだ。

そんな大事な日にも、父は仕事がいそがしくて自宅にいなかった。父不在のまま、私はどちらについていくのか選択をせまられる。三分ほど熟考した後、母といっしょに暮らすことを決めた。家事のできない母が一人で生きていけるのか不安だった。自分の選択をすぐさま父に電話で告げた。刑事である父はそのとき殺人現場にいて、私は電話にむかって嘆いた。

「こんな日だってのに、また人が殺されてるの⁉　どうしてそんなに殺したいのかな！」

「まあまあ、しょうがないんだよ。おこらないにこしたことはないけど、おこってしまうんだよね、こういうのって。ほら、どこかに出かけようとして、靴をはいて、準備万端ってときに、家の電話が鳴り出すことってあるじゃない？　あれとおなじだよね。タイミングってやつかな」

「殺さなくてもさあ、話し合いで解決すればいいじゃんか」

「そんなにうまくいかないもんだよ、人間というのはね。自分のなかにある感情を言葉で表現したって、なかなかつたわらないもんだ。だからつい、手を出してしまうんだ。ほとんどの戦争はそうなんだ。最初は外交でなんとかならんものかと努力する。だけど最終的には武力で何とかしなければならなくなる。自分のおもいが踏みにじられたと感じたとき、人間は戦争するものなんだ。いっそのこと、人間のなかに愛なんてものがなければ、戦争や殺人はおきないはずさ。だけどおきるってことは、やっぱり人間のなかには、愛というものが、確かにあるんだろうね。そうおもわないかい？」

父の背後で大勢の人の行き交っている気配がある。

「そこに死体はある？」

「うん。亡くなってるよ、ここで」

殺人事件なんてこの世に存在しなければ、父の仕事はもっとひまで、家にいる時間もながく、離婚もしなかったのかもしれない。母と暮らすという私の話を聞いても父に動揺は見られなかった。そうなるだろうという予測があったのだろう。私の選択を父は、ほめてくれた。

信号が赤から青へ切り替わって、タクシーがすすみはじめる。料金メーターに表示された金額がさらに上昇した。

「止めてください。父のことは、もういいんで……」

「よくないよ。足りない分のお金は、また今度でいい。事務所あてに送ってくれれば。せっかくここまで来たんだし」

「でも、生活くるしいんで。母に借りるわけにはいかないし」

「お母さんは、このことしってるの？　きみが学校にも行かずにお父さんを追いかけてるって」

「しらないはずです」

「そうか。よし、わかった」

運転手はおもむろに料金メーターの表示を消す。

「代金はいらない。会っていきな」

「でも」

「いいから、いいから」

心苦しい気持ちはあった。運転手は私の嘘を信じこんでいる。だけど、この善意に甘えておこう。その程度のしたたかさを私は持っていた。

前のタクシーが黒孔雀総合病院の敷地に入り、正面玄関のそばに停車する。湯田輝男の行き先は病院だったようだ。どこか具合がわるいのだろうか。あるいはだれかのお見舞いだろうか。彼は支払いをすませて降車すると、病院の建物内に入っていく。

私が乗っているタクシーは距離をあけて後方にとまっていた。バックミラー越しに白髪の運転手と目が合って、「行きな」という目配せをもらう。私はせめて財布の中身の二千円を出そうとしたが運転手はうけとらなかった。タクシーを降りると、親切な運転手は最後に親指をたてて私にむけながら「グッドラック！」と言って走り去った。

4

私は携帯電話のモバイルバッテリーを購入するためにコンビニエンスストアをたずねた。一刻もはやくアリスに連絡を入れて、追いかけている人物が湯田輝男ではないことをつたえなくてはならない。しかし、私の携帯電話に対応しているモバイルバッテリーが売り切れており、三軒ほど探してまわるはめになった。【携帯充電全機種対応】とパッケージに書いてあるものをようやく発見し、レジで一〇四〇円を支払って手に入れる。店の外で開封して携帯電話に接続した。充電がおこなわれ、操作可能な状態にまで復帰すると、アリスの番号に電話をかける。

「もしもし、アリス！」

「花？」

呼び出し音の後にアリスの声がする。理由はわからないが、あたりをはばかりながら話をするような、いわゆるひそひそ声だ。

「きみ、今、どこにいるの?」

「病院の待合室。ソファーの背もたれにかくれてんの」

「病院?」

「タクシーに乗ったんだ」

「しってる」

「あれ? なんでしってるの?」

「ええと、ほら、きみが言ったじゃんか、ユダ父がタクシーに乗ったって。きみも追いかけるって」

「なるほど。ところで、例の輝男、病院で診察するみたい。どこか具合わるいのかも。お見舞いってわけじゃなさそう」

「きみが追いかけてる人、湯田輝男じゃないよ」

「あ、湯田光太朗だっけ? また、名前まちがえた?」

「そういうことじゃなくて」

「ちょっとまって。今、看護師さんに、にらまれてる。ここ、電話できないって。また連絡する」

通話が途絶えた。もう一度、電話をかけなおそうとしていたときだ。道路をはさんで反対側の歩道を、見知った顔が横切った。私はおどろいて電話をおとしそうになる。

その男性は紺色のスーツに身を包んでいる。片方の手にビジネス鞄《かばん》をさげて、駅の方面に移動していた。仕事をおえて、これから自宅にもどるのだろう。私が見ていることに気付いた様子もなく、腕時計で時間を気にしながらあるいている。横顔が光太朗に似ている。いや、光太朗が彼に似たというべきか。

湯田輝男だった。本来ならアリスが追いかけているべき人物を見つけてしまった。私はこれを好機とかんがえる。彼の後をつければ、現在の住所にたどりつくはずだ。そこで私は、光太朗の生死をしることができるだろう。折りたたみ式の携帯電話を閉じて、湯田輝男の尾行を開始した。

5

黒孔雀総合病院は各階ごとに内科、外科、小児科、皮膚科などとわかれていた。壁や床があたらしい、清潔な印象の大病院である。内科の階の待合室に湯田輝男がいた。ソファーがいくつもならび、そのひとつに背中をまげるようにしてすわっている。私は後方のすこしはなれた位置から彼の後ろ姿を見ていた。

なんでこんなところに自分はいるのだろう。冷静になるとそんな疑念を抱いてしまう。花のために湯田輝男の行き先をつきとめなくてはならないのだ、と頭では理解しているつもりだが。

「ワタナベさん、どうぞお入りください」

内科の診察室の入り口から看護師の声がする。何をおもったのか、ゆっくりとした老人らしい動作で湯田輝男が立ち上がった。耳が遠くなっており、自分の名前が呼ばれたものとかんちがいしているのかもしれない。まだ湯田さんの番じゃないですよ、と私は呼び止めたかったが、そのまま老人は診察室に消えてしまった。待合室にいるほんとうのワタナベさんが立ち上がる様子もない。なにか様子が変だぞとおもいはじめる。

電話で花に連絡してみたかった。湯田輝男の外見的特徴についてあらかじめ聞いておくのをすっかりわすれていたのだ。しかし、私が携帯電話をとりだせば、すぐさま看護師がやってきて注意するだろう。

ほどなく診察室から湯田輝男が出てくる。室内の医者にむかって几帳面《きちょうめん》に一礼する姿は、品のいい老紳士という雰囲気だ。中折れ帽も彼に似合っている。彼は一階に移動してソファーで支払いの順番を待つ。私は柱の陰からそれを観察した。

支払い専用の受付カウンター周辺で駆け回っている子どもがいる。三歳くらいの男の子だ。お母さんがつかまえてソファーにすわらせるものの、すこしもじっとしていなかった。

「ワタナベさん。ワタナベカンジさん」

受付で呼ばれて、湯田輝男が立ち上がる。今度はもう、老人が聞きまちがいをしているとはおもわなかった。

老紳士は受付で支払いをすませて一礼する。長財布に診察券をはさんで、正面玄関へむかいかけた。その際、駆け回っていた子どもが彼の足に、どしん、とぶつかってころんだ。男の子は泣きはしなかったが、おどろいた様子で老人を見上げる。お母さんがすぐさまやってきて、あやまりながら連れて行った。

老紳士は、母と子に会釈をしてあるきさる。その足下に診察券が落ちていた。子どもがぶつかったとき、財布にはさんでいたものが落ちたのだ。彼が気付いていないようだったので、私は柱の陰を出て診察券をひろった。

【渡邊勘治】

診察券にはそのような名前が記載されている。これが彼の名前なのだ。やはり湯田輝男ではなかったようだ。

「あの、すみません」

正面玄関の手前で私は老紳士の背中に追いついた。前にまわりこみ、声をかける。

「落としてませんか、これ」

渡邊勘治は立ち止まり、私のかざした診察券をのぞきこむ。名前を確認して、彼は言った。

「たしかにこれは、私のものです」

私は彼のおおきな手にそれをにぎらせる。渡邊勘治は几帳面に一礼した。

「ありがとう」

「いえ、いいんです、いいんです」

恐縮しながら小走りに病院を出る。外の空気はひんやりとしていた。澄んだ空に飛行機雲がのびている。路線バスが排気ガスをもうもうと出しながら病院前の道路を横切った。さきほどタクシーを降りたあたりで、私は上着から携帯電話を取り出し、花の連絡先にかけてみる。しかし呼び出し音が鳴るばかりで、つながることはなかった。自宅で少女漫画に読みふけるあまり、着信に気付いていない花の姿を想像する。

「有栖川さん」

声をかけられた。中折れ帽の老人が、病院の玄関先に立っている。渡邊勘治だ。ふりかえってから、しまったと気付く。

「ああ、やっぱり、きみだったんだね。会社をたずねてきた子だ」

「え？　何のことです？」

「喫茶ソランにいたね。見覚えがあったんだ。湯田くんを会社の受付で呼んだそうだね。でも、ちょうど出払っていたから私がかわりに行ったんだ」

「だれかとかんちがいしてます？　さっきみたいに声をかけられたら、どんな名前でも、ふりかえっちゃうとおもうんですけど」

などと言いながら、いつのまにか有栖川という姓に親しみを持ちはじめている自分に気付く。以前だったら聞き流していたかもしれないのに。

「じゃあ偶然ということで。さきほどは診察券をありがとう」

渡邊勘治はそう言うと病院前のバス停にちかづく。黒い上着の袖《そで》をすこしあげて、腕時計と時刻表とを交互に見る。私もまたバスで駅まで移動しようとおもっていたから老人の横にならんだ。

「行ったばかりのようだ。次に来るのは三十分後らしい」

渡邊勘治が私に聞こえる声で言った。三十分ここで待っていなくちゃならないのか。はやく家に帰って晩ご飯を食べたいのに。そのとき、つい、おなかが鳴ってしまった。喫茶ソランでオレンジジュースを飲んだのを最後に、何も口にしていないため、空腹がピークをむかえているのだ。うなだれていると、さらにまた、おなかが鳴る。鯨《くじら》がいびきをかいているような音が私の体内から発せられた。すさまじい音だった。となりで渡邊勘治が肩をゆらしてわらいをこらえている。帽子をふかくかぶりなおし、赤面している自分の顔をかくしていると、渡邊勘治に話しかけられた。

「道路をわたったところにレストランがある。昭和からある店だ」

「ショウワ？」

「昭和だよ。時代のことだ。その店は、雰囲気もわるくないし、ケーキくらいなら、すぐに出てくるだろう。次のバスにも間に合う。診察券をひろってくれたお礼を、私にさせていただけないかね」

つまり何か食べさせてくれるという意味だろうか。断る理由はなかった。

昭和のレストランは病院の斜め前にある洋風の建物で、入り口前には赤煉瓦《あかれんが》のポーチがあった。道路をわたってそこにむかうとき、テンションの上がっていた私は、おもわず車が来ているのに飛び出してしまう。道路中央の白線のあたりで車をやりすごし、スリルとおかしさを感じながらレストランのある側へとわたる。渡邊勘治は車が途絶えるのを待って、ゆっくりとした足取りで横断歩道をわたった。

店内は広々としていた。一階の天井は吹きぬけで、そこを囲むように二階席がある。私と渡邊勘治は二階席へと案内され、むかいあわせにすわった。

「何でも好きなものをたのみなさい」

「じゃあ、チーズケーキとストロベリージュース」

メニューをながめて私は即決したが、渡邊勘治はしばらくかんがえこんだ。

「僕はいいや」

彼は首を横にふった。吹きぬけをはさんだ反対岸がにぎやかだ。高校の制服を着た女の子たちの集団が一画を占めている。花束を持った子や、プレゼントらしきものを用意している子がいる。これからお誕生日会でもやるのだろう。主賓はまだ来ていないようだ。彼女たちの笑顔や声は明るい。注文を終えて私たちは話をする。

「きみはどうして病院に？」

渡邊勘治が言った。目尻には深いしわがあり、くちびるはぼてっと分厚い、印象にのこる顔立ちだ。

「ちょっと風邪気味で」

私は咳《せ》きこんでみせた。

「今、いくつ？」

「十四歳です」

「十四歳！　生まれてまだ十四年か。肌もつるりとして、うらやましいなあ」

「やらし」

「そういう意味じゃないよ。歳を取ると、ほら、しわとか、シミとか、顔がもうぼろぼろ。これでもむかしは美少年だったんだ。このあたりは、まだ、きみにも負けてないぜ」

渡邊勘治は腕をまくって見せてくれた。なぜかそこだけ皮膚が若々しい。

「すごい！　そこだけつるつるのすべすべ！　キモい！　……ん？　なに、これ？」

渡邊勘治の腕に一本だけ長い毛が生えている。

「キモい！　この毛、キモいよ！」

「そう言わないでくれよ。僕もこれに最近、気づいてね。病院で血圧とか注射とか点滴とかする度に袖をまくり上げるだろう？　あるとき、わかい看護婦さんに血を採られながらさ、その人のほっぺたながめてたら、僕のことと、わかい看護婦さんのほっぺと、そんなにちがわないんだ。もうすっかり全身高齢者の仲間入りかとおもったら、ここだけ赤ん坊みたいだろ？　そうやってあらためて自分の体を点検したら、案外あちこち赤ん坊みたいなんだ。普段、かまってないところがさ、赤ん坊みたいなんだ」

店員が私のチーズケーキとストロベリージュースをはこんできた。渡邊勘治は袖をなおして腕をひっこめる。店員が立ち去ると、老人はつぶやいた。

「人間の体というのは不思議なものだ。生まれ落ちた瞬間から、終わりにむかって、刻一刻と変化していく。かとおもえば、まるで抗《あらが》うように、一本だけ毛をのばしてみたり、かまってないところを若々しくたもっていたり。自分自身の体なのに、わからないことばかりだ」

彼は中折れ帽をかぶったままである。すこしうつむき加減になると、中折れ帽のつばで顔の全体に陰が落ちた。吹きぬけの反対岸から、女の子たちのはなやかな笑い声が聞こえる。渡邊勘治は老人らしいゆっくりとした動作で立ち上がった。

「ちょっと失礼」

会釈をしてトイレのある方に彼はむかった。その間に私はケーキとジュースを口に入れる。右手にケーキ用のフォーク、左手に携帯電話を持って花に連絡を入れた。数回の呼び出し音の後、花の声が聞こえる。

「もしもし？　アリス？」

「花、異常事態。ごめん、まず先にあやまっとく」

「きみが追ってたのはユダ父じゃないよ」

「あれ？　なんでしってんの？」

私はフォークを皿に置いた。

「ユダ父は会社を出て駅前の書店により道した後、同僚らしき人と立ち話をして、今は駅のホームにいる」

「なんでそういうことわかんの？」

「私から見える範囲にいる」

「え？　きみ、外にいるってこと？」

耳をすますと、たしかに駅のアナウンスらしきものが花の背後から聞こえてくる。

「電車が来た、これに乗るみたい。降りる駅わかったら、連絡するから、合流しよう」

電車の到着する音に、花の声がうもれた。通話が切れる。私はチーズケーキをほおばりながら、なんだそれ、とかんがえる。きみはひきこもりじゃなかったのか？　家で報告を待ってるんじゃなかったのか？　だけどまあ、ひきこもりが治ったことは、たぶんよろこばしいことだ。

ストロベリージュースを飲み干したころ渡邊勘治がもどってきた。

「もう食べたのかい？」

皿とグラスが、からっぽになっているのを見て、老人はおどろきをかくさない。バスの時刻がせまって私たちは席を立つ。階段をおりるときに踊り場で女の子とすれちがった。吹きぬけの反対岸でおこなわれる誕生日パーティの主賓だろう。女の子たちが階段を見下ろせる位置にあつまってきて、ハッピーバースデーと歌いながら彼女をむかえ入れる。私と渡邊勘治はその様子をながめながら店を後にした。

バスの車内は混んでいたが、二人がけの席がひとつだけあいていた。渡邊勘治とならんでそこにすわる。窓から見える空はあわい薄桃色だ。世界の輪郭がやさしく溶け合っているような心地にさせられる。

「おじさんは、どうして病院に？　具合が悪いの？」

「先月手術してね」

「何の手術？」

「胃癌《いがん》だよ。今のところ経過はいいらしいが」

バスは高架下をくぐり抜けてバス停にとまった。そこでほとんどの乗客が立ち上がる。私たちも降車した。駅まですこしあるかなければならないようだ。バスを降りた乗客たちは高架沿いを移動しはじめる。

途中でちいさな公園があった。ブランコとすべり台とジャングルジムのある公園だ。渡邊勘治はそこに立ち寄ってベンチに腰かける。つかれているようだ。

「私はここで休んで行く。きみは先にお帰りなさい」

苦しそうな表情で渡邊勘治が言った。バス停から公園まではほんのすこしの距離だったのに、こんなに急激に疲労するものだろうか。脂汗もうかんでいる。もしかしたら術後の経過が良好というのは嘘で、今も痛みにたえているのではないか。

私は着ていた上着を脱いだ。ばさばさと両手であおいで風をおくる。渡邊勘治は中折れ帽を脱いで膝のうえに置いた。私が風をおくるたびに、彼の白髪がゆれる。

「人間なんて、弱いものだね。自分がこんなに弱いとはおもわなかった。ああ、もう大丈夫、ありがとう」

公園にいた鳩《はと》が地面から飛び立つ。抜け落ちた真っ白な羽根が、私の視界を横切って風にさらされる。公園のすぐそばを高架の線路が通っていて、電車が夕陽を浴びながら音をたてて遠ざかった。花からの連絡もないことだし、ここにとどまることにする。上着を柵《さく》にひっかけて、ブランコを立ち漕《こ》ぎしてみた。ひさびさにやってみると、これがたのしい。

「きみ、すごいね。一回転しそうだ」

わずかに顔色のもどった渡邊勘治が、となりのブランコにすわる。私はぶんぶんと立ち漕ぎをつづけた。

「ブランコ、二年ぶり。おじさんは？」

「四十年ぶりかな」

ブランコをすこしだけゆらしながら彼は言った。

「最後に乗ったのは娘が小学校のころだ。四十年か。みじかいもんだなあ」

「長いよ。長すぎる」

渡邊勘治は目尻のしわをふかくして私を見る。立ち漕ぎをやめて私はすわる。

「四十年前に小学生だったってことは、娘さんはもう五十歳くらい？」

「すっかりもうおばさんだ。昭和生まれのおばさんだよ」

「昭和か。戦争とか大変だったの？　よくしらないけど」

「終戦のとき、ちょうど私は、きみくらいの年齢だったかな。いや、もうすこしだけちいさかったか。もうすっかりなつかしい。遠い昔の出来事だ。映画も白黒しかなかった時代さ」

「ふうん。白黒映画って、なんか、不気味」

「どうして？」

「出てる役者さんの、ほとんどがさ、もう死んでるわけでしょう。そうかんがえると、こわくなっちゃうんだ」

「すぎさった人々だ。いつかみんな、むこうに行く。白黒映画の時代も、おわってひさしい。まるで昨日のことのようだけど」

足を地面からはなして私は振り子運動をつづける。渡邊勘治は歌のようなものを口ずさんだ。昔、はやった曲だろうか。聞き覚えがあるような、ないような歌詞だ。恋せよ乙女というフレーズが出てきて、やらし、とおもった。

駅にたどりついて渡邊勘治とはおわかれだった。中折れ帽の老紳士は改札を抜けると、最後に私にむきなおり、ていねいな一礼をする。それから人混みのむこうへと消えていった。

五章

1

電車内は、会社帰りのサラリーマンや、学校帰りの高校生たちで混んでいた。私はつり革につかまって、母からのメールに気付く。出版社での打ち合わせからもどってみると、病気で休んでいるはずの私が家にいなくておどろいたという。携帯電話のボタンをポチポチと押してメールの返事を作成した。仮病だったことを謝罪し、今現在は電車に乗っていることや、終電までに帰ること、これから荒井花と合流することなどを書いて送信した。おとなりさんの荒井花といつのまにか友だちになっていることをしって母はおどろくだろうか。

さきほど渡邊勘治を見送って、駅前で荒井花と連絡をとった。彼女は火乃鳥駅という場所にいるという。

「ユダ父の跡をつけてみたんだ。きみは今、どこ？」

「我王《がおう》駅の前」

「火乃鳥駅まで来れる？　黎明《れいめい》線の火乃鳥駅」

「わかった移動する。でも、なんで花が外にいるの？　家にいるんじゃなかったの？」

「かんがえてみたんだけど、一人よりも、二人のほうが良くない？」

「そりゃそうだ」

乗りかえに手間取ってホームの階段を駆け下りる。乗ったことのない路線だったから、はたしてほんとうに目的の駅にたどりつくのかすこしだけ不安だった。やがて速度がゆるやかになりホームへとすべりこむ。窓の外に火乃鳥駅という表示があらわれて電車は停止した。

改札を出たあたりの壁際に荒井花がたたずんでいた。パーカーのポケットに両手をつっこんで、壁にもたれかかっている様は、まるで家出少女だ。彼女は私を見つけると、ちかづいてくる。

「おそいよ、事態は刻一刻と変化してるんだよ」

「そうだね。じゃあ、そろそろ帰ろうか」

「何言ってんの。終電まで、まだ時間あるっしょ」

時刻表によれば火乃鳥駅の終電は二十三時くらいである。

「それってもう深夜じゃん」

「ようやく目が覚める時間だよ」

「きみはそうかもしれんけど」

ひきこもりで昼夜逆転の生活をしていると、そうなってしまうのだろうか。花は私のかぶっていたキャップをとって自分の頭にのせる。

「これ借りるよ。私、面が割れてるからさ、湯田家の人たちに。ついてきて」

あるきだす花を私は追いかける。駅前は殺風景だった。長居できそうなファミレスもなければ、コンビニエンスストアも見当たらない。

「どこ行くの？」

花は返事をしない。駅は後方に遠ざかり、私たちは街灯の点《とも》る住宅地を奥へと入っていく。

小学校のそばを通り、川をわたり、緑の深い公園に足を踏み入れた。ブランコやすべり台があるような公園ではない。鬱蒼《うっそう》とした茂みや巨大な樹木がそびえているような緑地公園だ。茂みの影は夜空よりも暗く、すこしこわい。だけど花はそんなの平気そうに先へとすすむ。

「ねえ、どこにむかってんの？」

「湯田家だよ」

「湯田家⁉」

前方の視界をさえぎる枝葉のシルエットのむこうに、巨大な光の壁らしきものが見えた。あれはいったい何だろう。公園を突っ切って反対側の出口にたどりつくと、その正体がわかった。巨大なマンションだ。視界に収まりきらないほど横幅があり、エントランスの周辺には高級車が止まっている。窓の明かりやマンション周辺の照明が、暗闇《くらやみ》のなかにいた自分にとってあまりにもまぶしかった。そのせいで、光の壁がそびえているように見えたのだ。

マンションと公園にはさまれて、交通量のほとんどない並木道が横切っている。花がマンションを見上げて言った。

「ユダ父、ここに入っていった」

「部屋は？　何号室？」

「わかんない。オートロックで中に入れなかった」

「生きてるのかな、ユダ」

「それを見届けないと帰れない」

「どうやって？」

「ここで出入り口を見張る。光太郎は、もしも生きてたら、高校に進学してるはず。帰ってきたところを見つける」

「てか、もう帰ってる時間じゃない？」

「そんな優等生タイプじゃないからあいつは。道草くって、いつも帰りは九時十時」

私たちは公園の出入り口周辺を拠点として、マンションの監視をはじめた。拠点としては、わるくなかった。公園の公衆トイレがそばにあったし、自販機であたたかいミルクティーを買うこともできたし、ベンチで休むこともできた。夜がつくった暗がりのなかから、私たちはマンションの入口を見つめる。照明のならんだ玄関ポーチの奥に高級ホテルをおもわせる両開きのオートロックのドアがある。住人がそこを出入りするたびに、私たちはお話をやめて観察した。しかしユダこと湯田光太朗らしき人物は現れなかった。男子高校生が通りのむこうからやってくる度に、彼ではないかと花の腕をたたいて指さすのだが、大抵はマンションを素通りする。

念のため彼の容姿について花から聞き出した。湯田輝男と渡邊勘治をかんちがいしたときのような失敗を防ぐためだ。しかし花の語る湯田光太朗の外見は、どこか現実離れした美少年という雰囲気だった。

「少女漫画に登場しそうな奴だね」

「もてるタイプだったよ。頭もよかったし」

「十五点の答案用紙が私の部屋にあったよ」

「十五点もとれるなんて頭良くない？」

マンションの出入り口を気にしながら、木の棒をひろってふりまわしてあそんだり、しりとりをしたり、雑草を抜いて相手の襟首から入れるという嫌がらせをやったりする。外灯を無意味にのぼってみたり、靴を交換してみたり、相手の名前をわざとまちがえて呼んでみたりする。いつのまにか三時間半が過ぎていた。

母から定期的にメールと着信がある。メールの内容は、はやく帰ってきなさい、どこにいるの、というものだ。私は居場所を告げなかったが、無事であることや、花と合流していっしょにすごしていることなどをメールした。一方、花の携帯電話は沈黙したままである。ひっきりなしに母から電話がくるので、うっとうしくなって電源を切ってしまったという。ちなみに花の着信音はSLの音で、私の着信音は消防車の音だ。

終電の時刻が近づいてきた。そろそろおわりにしたほうがいいだろう。花はついにあきらめてくれた。

「今日はこのぐらいにしとこう。湯田家の場所もわかったことだし」

「せっかくここまで来たのに。もう家にいるのかもよ。大声で呼んでみようか」

私はマンションを見上げ、両手を口元にあてて叫ぶふりをする。

「光太朗！　生きてるか⁉　出てこーい！　って。窓から顔出すかもよ？」

「やめてお願いだから。マンションの住人全員が顔出したらどうする気？」

私たちは、帰ることにした。

再び鬱蒼とした公園に入り、枝葉の影をくぐりぬけて反対側の住宅地へと出る。次第に気温がさがってきて肌寒さを感じる。ゆるい坂道を下りながら、私はくしゃみをする。

「アリス、つきあってくれたお礼に、なにかおごるよ」

「じゃあ何か、あったかいものがいい。ラーメンがいいな」

ラーメンなら注文して料理が出てくるまでの時間がみじかいはずだ。さっと食べれば終電には間に合うだろう。ラーメン、ラーメン、とつぶやきながら駅方面にむかって移動し、ついに明かりのついているラーメン屋を発見する。光にすいよせられる蛾《が》のように、その店へと入っていった。

チェーン店ではなく個人経営の店だ。カウンターやテーブルは朱色である。せまい店内に男性客がひとりだけいて、カウンター席のすみっこで携帯電話をいじっていた。注文を終えて料理が出てくるのを待っている状態だろう。空の容器が見当たらないのでそのような推測をする。床は油汚れのせいかすべりやすい。奥に二人がけのテーブル席があり、私たちはそこにすわった。

カウンターの奥には麺《めん》をゆでるための巨大な鍋《なべ》があり、大量の蒸気がもくもくとわき出ている。あまりに蒸気の量がすごいため、そのむこうにいる店主の顔が判然としない。壁にお品書きが貼《は》られていた。

「何にしようかな」

「時間ないから、私は醤油《しょうゆ》ラーメン」

「じゃあ、私はネギ味噌《みそ》ラーメン」

店主に注文をつたえると、はいよ、と蒸気のむこうから返事がある。花はテーブルに肘《ひじ》をついてたのしそうだった。

「外食なんてすんの、ひさしぶりだな」

「それでまずかったら最悪だね」

「それ超最悪」

店の出入り口が開いた。十人ほどの集団がのれんをくぐって入店する。どの人も強面《こわもて》で白いタオルを首にひっかけていた。工事現場ではたらいているようなおじさんたちだ。髭《ひげ》はのび放題で、椅子《いす》にすわるなり煙草《タバコ》の煙をふかしはじめる。まるで山賊集団をおもわせる粗野な雰囲気が全員にあった。

「間一髪だったね」

彼らを横目で見ながら、花が小声で話す。

「店に入ったのが、あの人たちよりも先でよかった。もしも後だったら、えらい待たされたよ」

私はうなずく。何せむこうは大集団だ。彼らの料理が出た後で、ようやく私たちのラーメンの調理にかかるのだとすれば、終電を逃してしまう可能性があった。

「おつかれっス」

そのとき、カウンター席にいた男性客が立ち上がる。たった今、入店したばかりの集団にむかって話しかけていた。私と花は目を見合わせる。

「兄貴たちの分、先に注文しときましたから」

兄貴と呼ばれた十人ほどの男たちは、粗野な声を口々に発して了解の旨を告げる。カウンターのむこうに立ちこめている蒸気のなかから、ラーメンのどんぶりを持った手が突き出された。チャーシュー麺、おまちどう。店主の声がする。カウンター席の男性客がそれを受け取り、兄貴と呼んでいたなかの一人のところへ運ぶ。

事態を把握した。どうやら私たちよりも先に入店していたカウンター席の男性客は、後から入ってきた集団の一味であり、先に全員分の料理を注文していたようだ。私と花の注文したラーメンが出てくるのは、彼ら全員分の料理が完成した後だろう。

「どうする？」

私たちは店内の時計で時刻を確認する。

「リスク高すぎ。やめとくか」

「すみません！　時間がないんで、さっきの注文はキャンセルでもいいですか？」

私は立ち上がって蒸気のむこうに声をかける。そのとき集団の一人がふりかえった。

「お嬢ちゃんたち、俺のチャーシューネギラーメンでよかったら、ゆずってあげてもいいぜ。玉子つきだ」

カウンターに座っていた他の人たちも口々に言った。

「俺のレバニラ炒《いた》め定食ととっかえっこしようか？」

「おやっさん、そんなこた、俺らにまかせてください。お嬢ちゃんたち、俺の中華あんかけ丼を食いな」

予想外の提案にとまどっていると、完成して出された料理が少量ずつ皿にとりわけられてはこばれてくる。私と花は結果的に、とろりとした中華あんかけ丼と、玉子スープと、チャーシュー麺と、その他いくつもの料理を口にすることができた。壁のアナログ時計の長針と短針の位置を気にしながら私たちは食事をする。終電にはどうやら間に合いそうだ。今日は変な一日だったけど、最後においしいものが食べられてしあわせだった。麺をすすっていると、花に腕をつかれた。

「おいしくないの？」

「え？　おいしいよ？」

「だって眉間《みけん》にしわよせてるからさ」

「癖なんだよ。食べるとき、ここにしわができんの」

店内にはテレビが設置されており、バラエティ番組が映し出されていた。私たちはそれを横目でながめながら料理を堪能《たんのう》する。番組のスタッフロールが流れはじめたとき、花が言った。

「あれ？　終わっちゃった？」

花は不思議そうに、テレビ画面と店内の時計を交互に見ている。

「どうしたの？」

「この番組、いつも見てるんだけどさ。今日は、終わるのがはやいんだなとおもって」

いやな予感がした。私は携帯電話をとりだし、壁の時計とくらべてみる。

「……たぶん、あの時計がおくれてるんだ」

正しい時刻によれば、終電まで時間がなかった。急いで駅にむかうことにする。私たちが注文した醤油ラーメンとネギ味噌ラーメンは、山賊みたいな男たちに食べてもらうとして、その分の代金を花が支払ってくれた。手をふって見送られながら、私たちは店を後にする。

火乃鳥駅にむかってはしった。私が先に駅までたどりついて、ずいぶんおくれて花がやってきた。券売機の前で路線図を見上げ、私たちは混乱する。黎明線の火乃鳥駅をさがしたけれどなかなか見つけられない。

「藤子《ふじこ》方面って何線?」

「安孫子《あびこ》線?　藤本《ふじもと》線?」

「時間ない!」

「うわあ、藤子はどっちだ!?」

何線をどのように乗り継げば地元へ帰れるのか、路線図からすぐにわからなかった。終電の発車時刻がせまっており、気が急《せ》いて頭がまわらない。それでもなんとか切符を買って改札を抜けてホームに入ることができた。しかし無情にも最終電車は私たちの鼻先で出発してしまう。

二十三時。私たちは帰る手段をうしなって、夜の町に放《ほう》り出された。

街灯の下で息がほんのりと白くなる。まだ秋だからと、防寒対策をおこたっていた。夜がこんなに冷えるとはおもっていなかったし、そもそもこんな時間になるまで外にいるはずではなかったのだ。私たちはふるえながら夜道をあるいた。花はさむそうに背中をまるめている。

錆《さ》びた金網と荒れ地、線路と落書きだらけのコンクリート壁、無人の学校とプールを横目でながめながら休憩できるような場所をさがした。どちらの方角に自分たちの家があるのかもわからない。ぐるぐるとおなじところばかりをあるいているような錯覚に陥る。深夜営業をやっているファミリーレストランは見つからなかった。明かりのついているコンビニエンスストアを発見し、駆け寄ってみるが、店内はがらんとしていた。こんな時間に作業員が内装の工事をおこなっている。

都会の片隅だから、夜でも空はすこし明るい。月の光が雲の形を縁取って、家々の屋根のむこうにひろがっている。車の通らない深夜の交差点で、私が律儀に赤信号を守っていたら、花はそんなものおかまいなしに突っ切っていく。私はそれを追いかけた。

「行くとこないね。どうする、これから」

「こごえ死ぬんじゃない、朝までに。私はそれでもいいんだけど」

と、花が言う。

コインパーキングの前を通りかかった。広めの敷地に数台が駐車されている。私たちの見ている前で、ヘッドライトを点灯させた乗用車が一台、そこに入っていった。オレンジ色の機械から運転手が駐車券を引き抜くと、バーがあがって乗用車は先にすすむ。花は立ち止まり道路脇からその様子をながめていた。

運転手が駐車を終えて立ち去る。もうもどってこないのを確認して、花はおもむろにバーをくぐりぬけ、コインパーキングの敷地に入りこんだ。乗用車にしのびよって、何をするのかとおもったら、身をかがめて下にもぐりこんでしまう。

「こらちょっと！　なにしてんの！　つかまるよ！」

アスファルトの地面と、乗用車の車体の間には、人間がぎりぎり入れる程度の隙間がある。私は駆けよってその隙間をのぞいた。花はまるで温泉につかったときのようなしあわせそうな表情で車と地面にはさまれている。

「ちょーあったけー」

ためしに手を車体の下にさしこんでみると、たしかにほんのりとあたたかい。エンジンの熱がまだ車にのこっているせいだ。私も地面にはいつくばって、車の下に体をねじこませた。腹ばいの格好で隙間におさまると、背中をあたたかさがつつみこむ。地面にくっつけているとおなかが冷えるため、高さがゆるすかぎり横向きの姿勢をとったら、結果的に花と背中をむけあうような格好となった。車体の裏側は、でこぼこしていて、まるでカブトムシのおなかみたいだ。ぬくもりにつつまれて、ほっと息をつく。

「極楽、極楽」

せまくてあたたかいという状況に私はなつかしさを感じた。赤ん坊が母親のおなかで感じている安らぎとおなじものだろうか。引っ越しの日をおもいだす。段ボール箱にかくれひそんで、隣家の窓を観察していたときにも、そういうことをかんがえたからだ。その日、カーテンのむこうにひそんでいた少女が、今はすぐそばにいる。私の呼びかけに応《こた》えて出てきてくれた。いや、自分から出てきたのだったかかな。ともかく不思議な状況だ。背中合わせになって、せまさとあたたかさを、いっしょに味わっているなんて。まるでおなじ母親のおなかにいる、双子みたいじゃないか。

頭のすぐ後ろに花の後頭部がある。

「もしも光太朗が死んでたら、殺したのは私……」

花の声が聞こえてきた。

湯田光太朗が生きているのか、死んでいるのか、まだ不明のままだ。一日かけて花が望んだ通りの遠回りな捜査を試みたものの、湯田家の場所を特定しただけで終わってしまった。

「死んでないよ、たぶん。きみのおもいこみ」

花は湯田光太朗に何をしたのだろう。これまでは聞いても答えてくれなかったが、花はようやく、おしえてくれる気になったらしい。

「何があったのか、しりたい？」

「うーん、どうだろうか」

そう言う私を無視して、花は勝手に語りはじめる。

2

バレンタインの時期になると、毎年、湯田光太朗あてのチョコレートを用意した。赤色のパッケージの『キットカット』だ。四本のバーを束ねたチョコレートウェハースで、光太朗の好物である。小学三年生まではホワイトデーにお返しのプレゼントをくれていたが、四年生のとき、それがなくなった。

「あいつ恥ずかしがってんだよ。今度、つねっとくね」

ふたつ年上の湯田麻衣は怒っていた。だけど私は気にしない。お返しがないのはさみしかったが、見返りを求めていたのではなかったからだ。

中学二年生のバレンタイン直前、麻衣の自転車に二人乗りしているとき、引っ越しの話を聞かされる。夏になる前に湯田家は引っ越してしまうというのだ。そこで私は決心した。遠くへ行ってしまっても関係が途切れないように、いつまでもおぼえていてくれるように、あるものをプレゼントすることにしたのだ。バレンタインの日、チョコレートといっしょにそれを包んで彼に手渡した。

婚姻届である。


「婚姻届!?」

アリスの声がする。車の下で背中を向け合っている格好だったので、表情まではわからない。

「いつかこれに判子を押す日が来るといいねって、そういう願いを込めていたんだ。ロマンティックだとおもわない?」

「いやあ、どうだろうか。彼はどんな反応だった?」

「ノーリアクション」

「どんびきされたのね」

「私の説明が足りなかったのかも。今すぐ結婚しろってわけじゃないんだからさ、プレッシャー感じるひつよう性ゼロじゃん。ただ、おぼえていてほしかったんだ、私のことを」

私はアリスへの説明をつづけた。

「婚姻届をプレゼントして、その次の春、奇跡が起きた。光太朗とはじめて同じクラスになってね、しかも席替えの結果、席が前と後ろに並んだの。人生のなかでしあわせのピークだったなあ」

「で、殺したの？」

「まだ殺さない。彼があんなバカなことをしなければ、私だって何もしなかったのに」

私は目を閉じて、夕暮れの光景をおもいだす。

中学三年生になり、湯田家の引っ越し日がちかづいてくる。そんなある日のことだ。墓地に光太朗と女子生徒がむかいあっていた。私はその二人を墓石の陰からこっそりとのぞいている。彼らが連れだってあるいているのを見かけ、気になって追いかけてきたのだ。

光太朗といっしょにいる女子生徒は、同じクラスの女の子だった。鴉《からす》が真っ黒な翼をうごかして飛びかっていた。私は身をひそませて、二人の会話に耳をすます。

「湯田君、何、話って」

「俺とつきあいたい？」

「私のこと好き?」

「きらいだったら言わなくね?」

「湯田くんがつきあいたいなら、つきあってあげてもいいよ」

「じゃあ、契約しよう。これにサインしてくれる?」

光太朗が鞄《かばん》から一枚の紙を取り出した。それを受け取り、一読して、女子生徒は紙をくしゃっと丸める。

「からかってるの?」

彼女は丸めた紙を光太朗に投げつけると、背中をむけて立ち去ってしまう。光太朗はため息をついて反対方向へと歩き去る。丸められた紙は地面にころがったままだった。

鴉が一声鳴いて、ばさ、ばさ、と力強く翼をうごかしながら飛び去った。抜け落ちた真っ黒な羽根が夕暮れにただよう。二人が行ってしまうのを確認し、私は墓石の陰から出た。丸められた紙をひろい、しわをのばしてみる。私にも見覚えのある書類。それは婚姻届だった。

学校にむかう足取りが、それ以来、おもくなった。私の歩みがあまりにおそいから、いろいろな人が追い抜いていく。地面にたおれそうになるのをこらえて、私はかんがえる。光太朗はきっと、高い確率で、自分のことを好きではないのだ。ずっといっしょにいたのに、幼稚園からずっと見ていたのに、彼は自分ではなく他の人が好きなのだ。たぶん、婚姻届を丸めて彼に投げつけたあの女子のことが好きなのだ。胸が苦しくてしかたない。世界の全部にそっぽをむかれたような気がする。しかし私は誤解していた。光太朗はその女子に好意を抱いてなどいなかったのだ。

ある日、数学の授業中に小テストがおこなわれた。私たち三年二組の生徒は、配られたプリントと無言でむきあっていた。教師が机の間を移動しながら、カンニングをしている者がいないかと目を光らせる。教師がとある女子生徒の答案用紙をのぞきこんで言った。

「森さん、苗字がちがってるよ」

その子はしかし、首を横にふる。

「これであってます。結婚したんです」

「結婚？　ご両親が？」

数学教師は聞き返す。親の再婚で苗字が変わったという可能性を真っ先にかんがえたのだろう。しかし事情がちがっていた。

「いえ、私が結婚したんです」

教室はしずまりかえっていたので、女子生徒と数学教師の会話は、クラス全員に聞こえていた。私たちはおどろいて彼女をふりかえる。

「結婚？　誰と？」

「湯田君とです。私と湯田君が結婚したんです」

後日、聞いた話によれば、その子の答案用紙には、本来の森という苗字の位置に、湯田という苗字が記入されていたという。教室中の視線が光太朗に向かった。しかし彼は机にほおづえをついたままじっとしている。ひとつ後ろの席にいる私には、彼の後頭部しか見えなかったので、どんな表情をしているのか、わからなかった。

しかし事態はそれでおさまらない。次々に三名の女子が立ち上がったのだ。

「それは何かのまちがいです。彼と結婚したのは私のはずです」

「どういうこと？」

「あの、私も、湯田君と……」

湯田光太朗はクラスの女子生徒のほとんどに声をかけて婚姻届を渡していたという。大半には拒まれたが、容姿の優れた彼のことをひそかに愛していた四人は嬉々《きき》として受け入れた。四人それぞれが大切に保管していた婚姻届には、湯田光太朗と四人それぞれの名前が記入され、印鑑もすでに押されていたそうだ。

年齢の関係上、正式に婚姻の契約を結べないことは全員が理解していた。結婚できる年齢になったとしても、未成年の初婚の場合、どちらかの父母の同意がひつようである。二人以上の成年の証人もいる。しかし、光太朗が十八歳になったらすぐさま婚姻届を提出できるように、四人ともその準備をはじめていたようだ。数年後には成人しているはずのしりあいに保証人になってくれるよう話をつけて、親にもそれとなく結婚したい相手がいるという意思をつたえていたらしい。結婚のできる年齢になり、婚姻届の空欄がすべて埋められ、役所に提出されていたなら、正式に受理されて夫婦となっていたはずだ。もしも四人ともそうしていたら、二人目以降は重婚となり、光太朗には刑罰が下されていたのだろうか。あるいは戸籍がチェックされて、二人目以降は婚姻届が受理されないのだろうか。それらのことを私は、みんなの噂話《うわさばなし》でしることになる。

小テストに湯田という苗字を書いた女子生徒は、好意を抱いていた相手と婚約状態になったことにすっかり気を良くしていたようだ。他のクラスの友人に対して、自分が湯田という姓になったことをすでに告げており、郵便物にも湯田と書き、ペットのインコにも自分のことを湯田と呼ばせていたという。のこりの三名は小テストに湯田という姓を書きはしなかったものの、将来、自分がそう名乗ることをうたがっていなかった様子がある。

光太朗は、自分に好意を寄せる女子生徒四名に、湯田という姓を配ったのだ。彼の行為は問題となった。教師から説教され、なぜこのようなことをしたのかと問いただされたが、理由を口にはしなかったという。どうやら彼は、どの女子生徒に対しても一片の愛情すら抱いていないようだった。婚姻届に名前を記入した四人は、自分の愛がもてあそばれたことをしり、深く傷ついていた。

通学路の川原の道で、私は担任教師に呼び止められた。定年をひかえた年配の教師だ。最近の光太朗に関して、かわったことがないかと質問される。隣人ということもあり、私だったら何かをしっているのではと期待していたようだ。

「彼はどうしてあんなことをしたのでしょうか」

「引っ越すらしいから、不安定なのかも」

「荒井さんは、婚姻届、もらいましたか？」

「……いいえ」

三年二組の女子生徒のうち、私だけが、光太朗から契約の誘いをうけていなかった。かなしみよりも先に怒りが生じる。彼は湯田という姓を女子生徒たちに見境無く与えようとしたくせに、自分にだけはくれようとしなかったのだ。

ジジ……。

ジジジジジ……。

羽音が耳のそばをよぎった。始業直前、校舎横のペチュニアの花壇に、じょうろで水をあげていたときのことだ。私はクマバチを発見する。ずんぐりむっくりの体に、胸のまわりだけ黄色の体毛におおわれていた。夏休みの自由研究として、麻衣とクマバチの観察をしたことがある。ふと、光太朗の顔がうかんだ。

彼は蜂をおそれていた。すこし前に刺されてひどい目にあっていたからだ。刺された腕がぱんぱんにふくれあがって、真っ赤なソーセージのようになってしまったのである。それ以来、花壇にも、荒井家にも、ちかづこうとしなくなった。

始業のチャイムが鳴った。朝のホームルームがはじまる時間である。しかし私はクマバチをながめた。クマバチはペチュニアの花弁へおりると、蜜《みつ》をもとめて奥へともぐりこんでいく。ペチュニアの和名はツクバネアサガオという。四月から十月にかけて開花し、花言葉は「あなたといっしょなら心が和らぐ」だ。花弁は五枚あり、やわらかく、外側の縁が鮮やかな青色だった。ためしに指先でそっと、花弁の外側の縁をつまんで素早く閉じる。クマバチは、やわらかい花弁の袋へと閉じこめられた。

ジジ……。

ジジジジジ……。

花のなかから音がする。戸惑い、混乱、そして攻撃的な音だ。

すぐに解放してあげる。だけど、今ここではない。ちょっとしたいたずらを、おもいついたから。クマバチを閉じこめたまま、ペチュニアの花をぷつんと茎からちぎって、校舎内へと私は入った。

教室は騒々しかった。まだ担任教師は来ておらず、クラスメイトたちは好き勝手にすごしている。湯田光太朗は、校則で持ちこみを禁止されているはずの携帯ゲーム機に熱中していた。私はそのひとつ後ろの席にすわって彼の後頭部を見つめる。つまんだままの花弁の袋から羽音が聞こえていた。光太朗の耳にも届いたのか、顔をあげて周辺に視線をさまよわせる。だけどまたすぐに携帯ゲーム機の液晶画面へと意識をむけた。

姿勢のわるい座り方だった。椅子にあさく腰かけ、携帯ゲーム機を胸の上で操作し、画面を食い入るようにのぞきこんでいる。彼の白い首筋が、ひとつ後ろの私の席からよく見えた。姿勢のせいか、学生服の襟と首筋の間におおきな隙間がひらいている。そのなかに、クマバチの閉じこめられたペチュニアをそっと投下した。

すぐに気付いて光太朗は騒ぎ出すにちがいない、と私は想像していた。これは天誅だ。クマバチは花弁の袋から出てきてあばれまわるだろう。彼はあわてて学生服を脱いで羽音の主を追いはらうだろう。

しかし、予想外なことに、しばらく何もおこらなかった。クマバチ入りのペチュニアは、学生服とシャツの間に入って、背中のあたりでひっかかっているようだ。椅子の背もたれが、彼の学生服を押し上げて、おおきなしわをつくっている。そのあたりに引っかかっているらしい。ペチュニアの花弁はやわらかい。そのため光太朗は背中の違和感に気付かず、ゲームの操作に熱中している。クマバチも羽音を休ませて、いっこうに暴れ出す気配を見せない。光太朗の肩をたたいて、背中に蜂《はち》を入れたと言ってみようか。しかしできることなら自分がやったと気付かれたくはなかった。

そのうちに担任教師がやってきて、彼は携帯ゲーム機を机の中にしまう。クラスメイトたちが雑談を終了し、自分の席についた。朝のホームルームがはじまる。連絡事項をいくつか話した後、教師は光太朗を教壇に呼び寄せる。引っ越しのため、彼が三年二組ですごすのは、今日で最後だという。

光太朗は席を立ち、教室前方にむかう。全員が彼を目で追った。私は、彼の背中ばかり見てしまう。クマバチはもうどこかへ行ってしまったのだろうか。その存在を感じさせなかった。

「湯田君、みんなにおわかれの挨拶《あいさつ》を」

担任教師はそのようにうながして端にさがる。光太朗がひとり教壇の中心に立った。すらりとした高身長の姿は見栄えがいい。

「この度、転校することになりました湯田です。在学中は皆様にもご迷惑をおかけ致しましたが、今後は僕のことなど忘れて楽しい中学生活を送ってください」

最後に彼はみんなにむかって一礼する。深々と、頭をさげたのだ。そのとき、ついに羽音が聞こえてきた。光太朗の一礼により、学制服の背中側の生地がひっぱられたせいだ。クマバチは圧迫され、気分を害してしまったのだろうと、私は後にかんがえる。

突如、光太朗が何かに気付いた様子で両手を背中にまわし、身をよじりはじめた。クラスメイトたちも、担任教師も、何が起こったのかすぐには理解できていないようだった。全員、訝《いぶか》しげに光太朗の行動を見ている。やがて彼が、目をむいて声をもらす。

「痛てっ……！」

学生服を脱ぎすてる光太朗の背中に、黒い粒がついていた。そいつはシャツの生地に張りついたままである。光太朗が手を背中側にまわしてこするようにうごかすと床にぽとりと落下する。クマバチだった。光太朗が教壇に膝《ひざ》をついて、身をのけぞらせながら痛がっている。シャツの生地越しに刺されたらしい。

クマバチが、ジジジと羽音をひびかせながら飛び上がった。ずんぐりむっくりとした雄々しい蜂の姿に教室は大騒動となる。クラスメイトたちは逃げまどった。担任教師の指示により窓がいっせいにあけられる。悲鳴と怒号が飛びかうなか、クマバチは教室を周回した。クラスメイトたちは机の下にかくれたり、鞄や友人を盾にしたりする。混乱のるつぼのなか、私は椅子からそっと立ち上がった。クマバチの羽音が耳のすぐそばをよぎっても、なぜか恐怖は感じず、避けることもしなかった。身をかがめているクラスメイトたちの間をぬけて、教壇の光太朗へとちかづく。

彼の様子が変だ。背中を刺されたようだが、痛みが弱まったり、消えたりすることはないようで、ずっと背中をのけぞらせ、顔を真っ赤にさせながら苦悶《くもん》の表情をうかべている。

天井付近をとんでいるクマバチにむかって、男子や女子が様々なものを投げている。タオルや上着、体操着、筆記具などが飛びかう。喧噪《けんそう》のなかで私は、ひゅう、ひゅう、という苦しげな呼吸の音を聞く。光太朗の喉《のど》が、こわれた笛のような音を発していた。

やがて開けはなされた窓からクマバチが出て行くと、全員がほっと安堵《あんど》するように息をはいた。光太朗が刺されて数分間が経過していた。光太朗は教壇に倒れ、ぐったりとしている。生きてはいたが、呼びかけても弱々しい目をむけるだけだ。その目は真っ赤に充血しており、くちびるが急速に腫《は》れていく。保健室に運ばれた後、彼は救急車で搬送された。彼の脱ぎ捨てた学生服をひろうと、ばらばらになった花弁が、私の足下に落ちた。

「蜂に刺されると、死ぬんだぞ」

クラスメイトの会話が聞こえてくる。

「本当だって。テレビでやってたから。蜂に刺されるとショック死すんだよ。なんとかショックっていうの」

「なに？　ウルトラショック？」

「アナフィラキシーショック」

「え？　もう一回、言って」

「うちの親父《おやじ》の実家のとなりのおっさんもそれで死んだからさ」

「もう一回、言って、もう一回」

「うちの親父の実家のとなりの」

「じゃなくて、なんとかショック」

「アナフィラキシーショック」

光太朗が蜂に刺されたのは天罰だと、クラスメイトたちが囁《ささや》いている。あるいは、彼と契約して湯田になろうとした四人が、愛をもてあそんだ罰として仕組んだことだとも噂されていた。私は胸が苦しくなり、その後、おこなわれた授業は耳に入ってこなかった。

昼休みに図書室でアナフィラキシーショックについてしらべてみる。人間の体には有害な異物から身を守るために免疫という機能がそなわっているという。たとえば風邪ウィルスが体に入ってくれれば抗体と呼ばれる物質がつくられてウィルスを撃退してくれる。抗体はその後も体にとどまって風邪ウィルスの侵入をふせいでくれるという。

しかし免疫という機能はたまにエラーを生じさせる。花粉や食べ物などの、比較的、有害ではない物質に対し、「毒だ！」などとおもいこんで過剰に反応してしまうのだ。その結果、発疹《はっしん》ができたり、くしゃみや鼻水がとまらなくなったりする。さらには粘膜が腫れ、吐き気や腹痛を引き起こし、呼吸困難に陥ることさえある。これをアレルギー反応と言う。

アナフィラキシーとは、全身性かつ重度なアレルギー反応が短時間のうちに生じることだ。特に血圧低下や意識障害などを引き起こし、生命の危険な状態に陥ることをアナフィラキシーショックと呼ぶ。日本では毎年、五十人以上がアナフィラキシーショックにより死亡し、蜂毒が原因の死者は二十人程度いるという。蜂毒の場合、多くは短期間のうちに二回刺されることでこの症状を引き起こす。一度目に刺された際に抗体が体内で生成され、二度目に刺された際に蜂毒に対しての過剰反応が生じる。心停止に陥るまでの時間は統計によれば十五分ほどだという。

放課後、搬送先の病院を担任教師に聞いて私はそこへむかった。警察のパトロールカーの横を通りすぎるとき、自然とうつむいて早足になってしまう。救急病院は白色でのっぺりとした建物だった。敷地に茂っている植物の緑が濃い。

しかし私は救急病院の敷地内に足を踏み入れることができなかった。高校の制服姿の麻衣が病院の前で泣いていたからである。両親がそれをなぐさめているのが見えた。光太朗は死んでしまったのかもしれない。だから麻衣はあんな風に泣いているのだ。私は救急病院に背をむけて逃げ出した。

帰宅して、窓を閉めて、カーテンを閉ざし、ベッドで布団をかぶり、それからふるえた。その晩、警察がわが家をたずねてきた。私の母親に事情を話して、土足で家のなかにあがりこむと、私の部屋の扉を無理矢理にこじあける。ベッドの私に逮捕状をつきつける。

「荒井花。湯田光太朗の背中に蜂を入れたのはきみだな。殺人容疑で逮捕する」

強い力で腕をつかまれ、手錠をかけられた。手錠は固く、ひんやりとして、手首にくいこんだ。しかしそれは夢で、私はさけびながらベッドから飛び起きた。冷静になって部屋を見回すと警察の姿は見当たらない。

汗で髪の毛が頰《ほお》にはりついていた。台所に移動し、冷蔵庫からミネラルウォーターをだして一気に喉に流しこむ。それでも恐怖はおさまらなかった。

翌日、制服に着替えていつも通り中学校にむかおうとしたら、玄関先でうごけなかった。玄関扉を開けようとすると、吐き気のようなものがおそってくる。顔を真っ赤にさせて苦悶の表情をうかべている光太朗の姿や、涙を流しながら両親になぐさめられている麻衣の姿が頭にうかぶ。私は自室のベッドへ逃げこんだ。それからの一ヶ月間、あらゆる情報を閉ざした。ヘッドホンで大音量の音楽を聴き、扉越しに語りかけてくる家族や担任教師の声も聞こえないようにする。部屋にあったテレビはアンテナ線を抜いて、ビデオ再生専用のディスプレイとする。外の世界から、あたらしい情報を入れるわけにはいかない。私がおそれていたのは、蜂に刺され、アナフィラキシーショックによって死亡した男子中学生のニュースである。それをうっかり耳にして、光太朗が死んでしまったことを決定づけるのがこわかったのだ。

しらないままでいるほうがずっといい。彼が生きているのか、死んでいるのか、わからない状態をたもつ。シュレディンガーの猫だ。箱を開けなければ、そのなかに閉じこめた猫は、生きているとも言えるし、死んでいるとも言える。それとおなじだ。生きている状態と、死んでいる状態が、重なっているままにしておけば、自分の罪も確定することはない。

部屋のカーテンを閉ざし、隣家が見えることのないように気をつけた。光太朗が生きている可能性をのこすためだ。湯田家の引っ越し予定日は事前に聞いていたから、その日をすぎてようやくカーテンを開けることができた。からっぽになった隣家を見て私は胸をなでおろす。光太朗の葬式がおこなわれたのかどうか、麻衣やその両親が喪服を着て光太朗の遺影を持っていたかどうかを見ずにすんだからだ。

夏から秋になり、やがて冬になる。外界への警戒心は次第に弱まった。時間がたてば蜂に刺されて死亡した男子中学生のニュースもテレビで流れなくなるだろう。人々もそのような事故のことを話題にしなくなるはずだ。家族とも普通に話をするようになり、テレビや雑誌をチェックできるようにもなった。だけど、学校に行くことだけはどうしてもできない。母のはからいで、三年二組の自分の席はそのままの位置にのこされているというが。

春になり、クラスメイトたちは中学を卒業していった。しかし私は自室の窓から季節のうつりかわりをながめていることしかできなかった。


「くまんばちが悪いのよ」

車の下で私は言う。くまんばちというのは地方におけるクマバチの呼び名である。母がそう呼んでいたので、私もくまんばちと呼ぶようになった。

「くまんばちがこの世にいなきゃ、私がくまんばちを光太朗の背中に入れる選択肢は存在しなかったわけだから。人間が取り返しのつかないことをするのって、こういう時なんだとさとったよ。あらゆる犯罪者が、犯行に至る直前、彼等の前にはくまんばちが現れるの。そうおもわない？」

話しているうちに冷えてきた。エンジンの熱は弱まり、さきほどまでのぬくもりは感じられない。

「気がついたら、家から一歩も、出られなくなっちゃった。彼が、死んでたら……」

おもいだすと胸が詰まった。あんなことになるなんて、おもいもしなかった。なんて馬鹿なことをしたのだろう。どんなに反省したかわからない。

「私が、殺したんだ。私は、人を、殺したかもしれないんだ。そうおもうと、もう、夜も眠れなくて……」

どこからか嗚咽《おえつ》するような声が聞こえてくる。私はおどろいて車の下から這《は》い出た。アリスの顔をのぞきこんでみると、彼女は泣いていた。ぽろぽろと涙をこぼしている。どこかが痛くて泣いているのでもない。寒くて泣いているのでもない。どうやら彼女は、私のために泣いてくれているらしい。


寒空の下に出て、コインパーキングのすぐそばにある自動販売機であたたかい飲み物を買った。ホットの缶入りミルクティーが体中にしみわたる。

「きみ、バレエやってんの？」

「やってる。なんでしってんの？」

「窓から見えた。きみが踊ってんの」

アリスは小学生のころからバレエを習っているという。引っ越しを機会にやめるつもりでいたが、友人の誘いで再びバレエ教室に通い始めたそうだ。コインパーキングの制御バーを、バレエのバー代わりにしながら、アリスはいくつかの基本的な足のうごきをおしえてくれた。

「これがジュッテね」

私の正面には上着を脱いだアリスの、すらりとした後ろ姿があった。彼女は左手をバーにそえて立っている。その姿勢のまっすぐさだけで、しんとしずまるような気配がある。

アリスは左足をぴんとのばしたまま、右足を前方へとずらしていく。最初のうちは靴裏を地面から離さずに。途中で踵《かかと》が持ち上がり、最後につま先だけがのこって、それから空中へと足がはねあげられる。それを前、横、後ろにくりかえす。

私はさっそく自分でもやってみた。

「あ、足つる」

「はじめてにしては上手」

「てかこっち見えてないじゃん」

アリスは正面をむいたままである。

「なんとなくわかるもん」

さらにいくつかの基本的な動作をおそわる。アリスは右手を持ち上げ、右足で複雑な動作をおこなう。真似《まね》しようとしたが、私はよろめいてしまう。

「見て、すごい星」

アリスが言った。星をちりばめた夜空がひろがっている。アリスはたのしそうにわらいながら、飛び立つようにバーからはなれた。片足を軸にして回転するように移動し、すこし跳びはねてポーズを決める。メロディーをくちずさみながら、駐車場で踊りはじめた。体重が消えてしまったかのようにかろやかだ。

「それ、なんて踊り？」

『眠れる森の美女』」

踊りながらアリスがこたえる。

「ふうん。どんな話？」

「お姫様が蜂に刺される話だよ」

「え⁉」

「うっそー」

「なんだよ」

アリスは、ひらりひらりと回転しながら私の周囲をめぐる。視界からはずさないようにおいかけていると目が回りそうだ。

「ほんとうはね、お姫様が針でさされて、引きこもる話」

「ええ⁉」

「とか言って、うっそー」

「なんなんだよもう」

あきれていると、アリスがたのしそうに私の腕をひっぱった。アリスがうごくほうにつれていかれ、回転につきあわされる。途中からはもうバレエでもなんでもなくなって、腕をひっぱって二人でまわった。見上げれば夜空もまわり、星々もまわる。ぐるぐるとうごく視界のなかで、自分とつながってわらっている正面のアリスの顔だけがはっきりと見えた。

コインパーキングの入り口に大型の車両がちかづいてくる。低いエンジン音をひびかせながら、ヘッドライトの明かりが周囲を照らした。私たちは回転を中断した。視線を交わし、ひとまずその場をはなれると、ちかくの茂みに身を隠す。

トラックが制御バーをあげてコインパーキング内に入ってきた。全長五メートルほどもある2トントラックだ。地響きのようなエンジン音とともに、排気ガスがもくもくと吐き出されていた。駐車スペースの白線におさまりきらず、はみだした状態で停車する。しかしエンジンが切られる気配はない。運転手は中年の男性である。どこかに立ち去るのを待ったが、なかなか外に出てこない。茂みの陰から観察していると、運転手があくびをしてシートにもたれかかり、目をつむるのが見えた。このまま寝てしまうつもりのようだ。エアコンをかけておくため、エンジンをかけっぱなしにしているのだろう。

「近所迷惑だ」

アリスが言った。排気ガスとエンジン音のことをかんがえると、たしかにそうだ。

「だけど、今はありがたいね」

私たちは物音をたてないように後方からトラックへしのびよる。タイヤの間をすり抜けて車体の下にもぐりこんだ。乗用車の下にくらべてずいぶん広く、天井までの高さが段違いだ。エンジンから発せられる熱がじんわりと頬にふれる。おもわずどこかの方言まじりに感想がもれる。

「うっわー、あったけーさー」

「この世の楽園さぁー」

「結構広いさあ」

「トイレと風呂があったら充分暮らせるさあ」

トラックの裏面は様々なパイプが縦横に入り組んでいた。オイルや排気ガスのにおいがただよっている。エンジン音を聞きながら、おもいついたことをしゃべった。おたがいの家の事情や、好きな漫画のことなどを話す。

「光太朗、生きてるのかな」

「生きてるといいね」

私のつぶやきに、アリスがこたえる。そのうちにねむくなってきて私は目をつむる。

夢のなかで私は、ジュッテの練習をやった。

3

深い眠りの底で私は音を聞いた。耳元で大太鼓を打ち鳴らされるような響きだった。

どるん、どるん。

どるん、どるん。

まぶたをあけると鉄の塊が目の前にある。音の正体はトラックのエンジン音だ。昨晩のことをおもいだしたその瞬間、鉄の塊がうごきだした。タイヤがアスファルト面をふみしめながら、私の腕や足のすぐそばを通過する。排気ガスをまきちらしながら、トラックの車体がすすみはじめた。私はあおむけの状態でうごけないまま、車体の裏側がスライドしていくのを見た。視界がひらけると、青空がひろがった。

いつのまにか夜はあけていた。朝日が町にふりそそいでいる。雀《すずめ》のさえずりがどこからともなく聞こえてきた。トラックは車体をふるわせながらコインパーキングの出口へとむかう。運転席がちらりと見えた。おじさんがあくびをもらしている。私は自分の体が無事であることを確認する。タイヤにどこもふまれなくてよかった。安堵しながら起き上がって、それからようやく、花の姿がどこにもないことに気付く。

「花？　どこ？」

昨晩、まどろみのなかで見た光景をおもいだす。がん、と音がしたのでよく見ると、花は寝ながらトラック裏面の配管をつま先で蹴《け》っていた。バレエのジュッテのうごきである。夢のなかでも練習しているのだろうか。花はトラック裏面の配管をしばらく蹴っていたが、そのうちに音がしなくなった。配管に足をひっかけた状態で、花は寝息をたてていた。そのときは気にせずに私も寝てしまったが、もしも朝までその状態で寝ていたとしたら。

私はトラックを追う。もしかしたらというおもいがあった。コインパーキングの出口でトラック運転手の男性が精算を終えていた。制御バーが持ち上がり、トラックは排気ガスをのこして道路へと出て行く。

車体の下に何かが引っかかっていた。朝日が作り出す影のなかに、ちらりと見えたのは、帽子の色である。昨晩、駅で合流した直後、湯田輝男に見つかってはいけないからと、私の頭からとりあげて、自分の頭にのせていた、花の帽子の色だった。

「ああああああああ！」

おもわず声が出る。よく見えないけど、どうやら花がひっかかっているようだ。それに気付かないまま、トラックは発進してしまったのである。

「花！」

トラックを呼び止めるために、私は追いかけた。


早朝の空気はひんやりとしていた。

寝起きのせいか足がおもうようにうごかない。

黄色くなった銀杏《いちょう》の並木道を、トラックは行く。

前方に交差点があり、通勤通学中の人々が信号待ちをしている。

「誰か！　そのトラック止めて！」

しかしだれもうごかない。私のほうを訝しげに見るばかりだ。トラックは交差点を通過して速度をさらにあげた。私は信号待ちの人々をかきわけて横断歩道をわたる。

前方に三台の自転車がいた。男子高校生たちが歩道を自転車で走行している。彼らに追いついて、並走する格好になった。いったい何事かと、彼らが私を見る。三人兄弟だろうか。顔立ちや髪型が似ている。私はトラックを指さして言った。

「友だちが！　巻き込まれたの！」

三人は、はっとした様子で車道を見る。銀杏の黄色い葉が並木道を舞っていた。トラックはそのなかを遠ざかっていく。車道にいるのはその一台きりで、ほかに車は見当たらない。彼らは自転車の進路を変更して車道に出た。ぐんぐんとスピードを上げてトラックを追いかけてくれる。縦一直線になり、先頭の一台が風を受けていた。それにつづく二台が風の抵抗を受けずに済み、足の力をたくわえるという作戦だろう。

「人間がトラックに引きずられているぞ！」

自転車通学をしている友人を見かけたらしく、三人はそのように声をかけてくれた。声をかけられた男子高校生も彼らを真似てトラックを追いかける。「止まれー！」「ストップしてくださーい！」と口々にさけぶ。

「人間がトラックに引きずられているぞ！」

「トラックを止めるんだ！」

「追いかけるのを手伝ってください！」

自転車で移動中の人々に彼らは声をかけていく。通学中の高校生や通勤中のサラリーマン、女子中学生や野球部らしき少年、おばちゃんや制服を着たおまわりさん、よく事情のわかっていない外国人や、飼い主の手をふりきってはしりだした犬などが集団にくわわっていく。その最後尾に私がいるという状況だ。町の人々が私たちをふりかえる。お母さんに連れられたちいさな子どもが、「がんばれー！」と歩道から手をふっていた。

靴の裏側で地面を蹴り、私は前へ前へとすすむ。ようやく筋肉がほぐれてきて、体がうごくようになってきた。しかし動揺が息を乱す。トラックにひきずられ、死んでしまう花のイメージが頭のなかをちらつく。彼女とのつきあいは短い。顔をあわせたのも数回程度。だけど、こんな風におわかれになるのはいやだ。彼女がいなくなったら、だれが私をアリスと呼ぶ？

焦燥のせいか、呼吸がうまくできない。肺が酸素をもとめていた。しだいに頭がぼんやりとしてくる。地面に降り注いだ銀杏の黄色の葉を、自転車集団の後輪がまきあげて、ふわりとうかせていた。風がそれをさらってつれていく。

足がすべった。全力疾走の状態から転倒する。手のひらと膝を私は負傷した。くちびるも切ってしまったらしく、袖《そで》で拭《ぬぐ》ってみると、赤い血の染みができた。トラックと自転車集団が遠ざかる。私は起き上がり、彼女の名前をさけんだ。

「はあぁぁぁなあぁぁぁ！」

背後からだれかの駆け寄る音がして返事がある。

「何？　どうかしたの？」

「私の友だちが、トラックに……」

「え？　トラック？　昨晩の？　てか、きみ、足はやいね」

聞き覚えのある声だった。ふりかえると、荒井花が肩で息をしている。

「……あれ？　花？」

「これ、何の騒ぎ？」

彼女は遠くを見る。道のずっと先でようやくトラックが停止していた。自転車集団に気付いてブレーキを踏んだらしい。運転手が外に出てきて、高校生やサラリーマンやよく事情のわかっていない外国人たちとトラックの下をのぞきこんでいる。遠くて判然としないが、運転手がなにかを車体の下からひっぱりだした。どうやら帽子のようだ。車体の下にひっかかっていたのは、どうやら帽子だけだったらしい。

「きみ、どこにいたの？」

「アリスが起きないから、ひとりで散歩してたんだ。せっかくだから、光太朗が住んでるマンションを見てきたよ。で、これは何のさわぎ？」

目の前にいる花は、帽子をかぶっていない。寝起きにトラックの下にでもぶらさげておいたのかもしれない。それがちらりと見えたから、彼女を巻きこんでトラックが発進してしまったのだと、私はかんちがいしてしまったようだ。

「……なんでもない。行こう」

私は彼女の腕をつかんでひっぱる。その場にとどまっているのはまずい。トラックの運転手や自転車集団にかんちがいでしたと事情説明しなくてはならないところだが、そんな勇気を私は持ちあわせていないのだ。何人かとすれちがう。だれかがトラックにひきずられたらしいぞ、という会話が聞こえてきた。

「なんとなくわかった。きみが、何をやらかしたか」

花はあきれた様子で言った。銀杏並木から遠ざかり、住宅にはさまれたせまい小道を抜けると、前方に河川がひろがっている。私はだんだん腹がたってきた。

「きみといっしょにいるとろくなことがない！」

「私のせい？」

「きみは貧乏神だ！」

「それを言うなら疫病神《やくびょうがみ》だよ」

「私もう帰る！　もうユダが生きてようが死んでようがどうでもいい！」

「だったら、この手、はなせばいいじゃん。貧乏神の手だよ、これ」

河川に水がゆったりとながれていた。落葉が岸辺にあつまってうかんでいる。橋をわたりはじめて、ちょうど真ん中付近でのことだった。対岸から来た男子高校生とすれちがう。彼は携帯電話でだれかと話していたのだが、すれちがう瞬間、その声が聞こえてくる。

「そう、トラックに人がまきこまれたって。行ってみようぜ。今、そっちむかってる」

直後、花が足を止めてうごかなくなった。

どうしたのかとおもいながら強めに手をひっぱってみる。まるで瞬間接着剤でも踏んでしまったみたいに、靴裏が橋の表面からはなれない。それでもなおひっぱったものだから、花は私の方にたおれこんでくる。ささえきれず、そのまま二人で橋の上にころがった。

いったい今度は何なんだ。花の顔をのぞこうとしたが、私の上におおいかぶさって胸に顔をうずめたままだ。その状態で、彼女は言った。

「光太朗、いた。生きてた」

花がしがみついているので、起き上がることができない。だから頭を持ち上げて、さきほどすれちがった男子高校生の後ろ姿を確認する。通話をすでに終えて携帯電話をポケットにしまっていた。橋の袂《たもと》にむかって彼は移動している。

「あれが……!?」

花があわてたように私の口をふさぐ。ようやくしがみつくのをやめて身を起こした。

「あの制服、似合ってねー。あのリュックサック、まだつかってる」

そうもらす花の横顔を見て、どうやら見間違いなどではなさそうだと判断する。湯田光太朗は生きていたのだ。死んでなどいなかった。花のいたずらにより蜂に刺され、アナフィラキシーショックに陥ったが、無事に生還して生活していたのだろう。

湯田光太朗は身長が高く、やわらかそうな生地のリュックサックを肩にかけている。彼こそ私の部屋の前の住人なのだ。花のおさななじみであり、彼のいた場所に今は私がいるのだ。うれしくなって私は大声でさけぶ。

「ユダ!」

花が体を硬直させて私をにらんだ。なにすんのよあんた、と言いたそうだ。

二十メートルほどの距離をあけて、湯田光太朗が立ち止まった。私たちをふりかえったその顔は、たしかに花の言う通り整っている方だろう。会えるとわかっていたなら、部屋で見つけた彼の答案用紙を持ってくればよかった。私は立ち上がって両手をふりながら、ぴょんぴょんとはねる。

「ユダくーん!」

彼は怪訝《けげん》な様子で私を見ている。名前を呼ばれたことから、自分のしりあいかもしれないとかんがえたのだろう。しかし当然ながら私の顔には見覚えがなくて困惑しているようだ。

花は顔を見られないように背をむけてしゃがみこんでいる。パーカーのフードをかぶって、かくれるようにうつむいていた。

「やめて。殺すよ。ほんとに殺すよ」

花が私にだけ聞こえるくらいのおおきさの声を出す。彼女のフードをつかんで真上にひっぱった。立ち上がらせようとしたのだ。しかし彼女が抵抗するものだから、パーカーだけがひっぱられて背中が丸見えになる。私は湯田光太朗にむかって話しかけた。

「こいつ、私の友だち。あんたに話があるんだってさ」

「ないよ」

花がぼそりと言った。湯田光太朗は首をかしげながら、私たちのところまでもどってきてくれた。かがんでいる花を見て、彼は何か、おもうところがあったらしい。

「……もしかして、花か？」

湯田光太朗が言った。名前を呼ばれ、花は体をふるわせる。観念したかのように、ゆっくりと立ち上がり、フードをはずしながらふりかえる。彼女の顔があらわになって、湯田光太朗の目が、おおきくひろがった。

「花……」

「ひさしぶり」

「お、おう……」

彼はうなずく。

「元気してた？」

「……おう」

「お姉さん、元気？」

「……おう」

「………」

「………」

「そう……。じゃ……」

気まずそうに花は背をむけて、私の腕をつかみ、立ち去ろうとする。

「え？　もうおしまい？　もうちょっとなにかしゃべったら？」

湯田光太朗も言葉が出てこないのか、うなずいてばかりだし。せっかく再会できたのに、これで帰ってしまってほんとうにいいのだろうか。だけど花はぐいぐいと私の手をひっぱって彼から遠ざかろうとする。

そのとき、湯田光太朗の声が背後から聞こえた。

「花！」

花の足が止まる。

彼は言った。

「俺の背中に蜂入れたの、お前だろ。すげえ痛かったし、大変だったんだぞ。一生、わすれねえからな」

橋の上で彼は、片方の手を背中にまわし、さすっていた。

花はふりかえらずに、突然、はしりだす。あわてて私はそれを追いかけた。

湯田光太朗をのこして、私たちは対岸にわたった。


乗りこんだ電車には乗客がほとんどおらず、がらんとしていた。ならんで座席に腰かけ、だらしなく背もたれによりかかる。私たちは後頭部をひんやりとした窓ガラスにあてていた。朝日のなかを電車はすすむ。私はつかれて、ねむたくなってきた。二人でぼんやりと上をむいて話をする。


「ねえ、なんで突然、にげたの？」

「だって、あいつ、急にあんなこと言うからさ。あれって、愛の告白だよね」

「……なんで？」

「一生、わすれないって。どんだけ愛してんのって話じゃん」

「……そうなの？」

「もう何にも言わないで。嘘《うそ》でも幻でも、今はこのしあわせにひたりたい」

「……ひたって」

それからは、だまって電車にゆられた。

4

目覚まし時計を止めて私はカーテンを開ける。夜明けの空がうつくしかった。顔をあらって身支度をととのえる。クローゼットから出した制服は、防虫剤のにおいがしみついていた。

冷蔵庫のソーセージを食べていたら母が起きてくる。制服姿の私を見て、母のあくびがとまった。

「どこ行くの?」

「どこって、学校」

よろこんでいる母を玄関にのこして外に出る。朝露で植物がひかっていた。色とりどりの花弁がひらいている。家の前にアリスが立っていた。この時間に待ち合わせをしていたのだ。彼女も石ノ森学園中学校のセーラー服を着ている。注文していたものが、昨日、届いたらしい。おたがいにポーズを決めて、制服姿を見せあった。

「セーラー服デビューか」

「きみも制服、ひさしぶり?」

「一年五ヶ月ぶり」

相手の制服姿をよく観察して同時にさけぶ。

「似合ってねー!」

連なって川原をあるいて駅までむかう。寒くて息が白くなった。

電車の座席で、私はアリスの肩に寄りかかる。

「なんか憂鬱になってきた。やっぱ行くのやめようかな」

「だいじょうぶだって。強力な助っ人、用意しといたから」

「助っ人？」

5

「アナフィラキシー、アナフィラキシー……。ユダよ、怒りをしずめたまえ……。アナフィラキシー、アナフィラキシー……。ユダの魂よ、安らかにねむりたまえ……」

以前は「穴開きし」と聞こえていたけれど、たしかに陸奥睦美は「アナフィラキシー」と言っていた。三年二組の教室で彼女は髪をふりみだしながら呪文《じゅもん》をつぶやいている。教室の中央に即席の祭壇が設置されていた。私の机と花の机をくっつけて、黒い布でおおっているのだ。それ以外の机はすべて壁際によけられており、床には魔法陣だか結界だかよくわからない模様が祭壇を囲むように描かれている。カーテンは閉ざされているので室内はうすぐらい。

私もまた、陸奥睦美と同様に祭壇のそばで呪文をくり返す。おまじないをかけるように、両手をすりあわせながら。

「アナフィラキシー、アナフィラキシー……。ユダよ、怒りをしずめたまえ……。アナフィラキシー、アナフィラキシー……。ユダの魂よ、安らかにねむりたまえ……」

登校してきたクラスメイトたちが、室内の様子を見て、ぎょっとした顔で立ち止まる。異様な雰囲気のせいか、なかには入ってこない。出入り口のあたりに人があつまりはじめる。

「アナフィラキシアナフィラキシアナフィラキシ」

「アナフィラキシアナフィラキシアナフィラキシ」

陸奥睦美と私は一心不乱に呪文をくりかえす。だれかが職員室にこのことを報告にいったのだろう。担任の荻野先生がやってくる。

「何やってんのきみたち？　もうすぐ学活の時間よ。ちょっともう、いい加減にしないとおこるよ」

私と陸奥睦美が儀式をやめないので、先生はあきらめた様子で窓辺にちかづいてカーテンをあける。室内があかるくなると、呪文をとなえていた陸奥睦美が、おもむろに目を見開いた。

「きぇぇぇぇぇ！」

血走った目でさけびながら先生に飛びかかる。周囲にいたクラスメイトたちが悲鳴をあげた。先生も腰を引かせている。しかし陸奥睦美は攻撃をしかけたわけじゃない。先生の肩をつかんで、はげしくゆさぶりながら言った。

「降臨の時が来た。魔界に閉じ込められしわが友。今その封印をときはなち、精霊と魑魅魍魎《ちみもうりょう》どもとのまじわりを捨て、前世の因縁と宿業にわかれを告げ、いざ現世へとよみがえれ！」

陸奥睦美は大仰《おおぎょう》な様子で祭壇を指さす。全員が教室中央へと視線をむけた。

机にかぶせていた黒い布がいつのまにか盛り上がっている。さきほどまでは、机の天板の形がわかるくらいに、ぺったりと平らだった部分が、山の形にふくらんでいるのだ。

私と陸奥睦美は目を見合わせ、うなずき、黒い布の角をそれぞれにつまんでゆっくりと持ち上げた。その下から、机の天板に横たわる荒井花の姿があらわれる。両手を胸の前にもってきて、胎児のようにうずくまっていた。

周囲からどよめきがおこる。陸奥睦美の儀式によって出現したように見えたのだろう。だけどこれは、もちろんトリックだ。彼女はずっと机の下にかくれていた。陸奥睦美が先生に飛びかかってみんなの注意をひいている間に、黒い布に身をかくしながら机の上へとすばやく移動したのである。

窓から入る朝日が花の頬をてらしていた。教室に出現した彼女を見て、入り口にあつまっていた集団から戸惑いの声がする。このクラスになって花は一度も登校していない。そのため、彼女がいったい何者なのかがわからないのだ。荻野先生だけは、彼女の姿をあらかじめしっていたらしく、おそるおそる花の顔をのぞきこんで息をのむ。

陸奥睦美が厳粛な面もちで言った。

「目ざめよ荒井花、汝《なんじ》は今、生まれ変わった」

私は手をのばし、花の肩にふれる。

「起きて、花」

呼びかけに応じ、彼女は、ゆっくりと目をあけた。

陸奥睦美の設定によれば、花は呪いによって行方不明になっていたという。花をこの世に呼び戻したとして、陸奥睦美はさらにクラスメイトたちから畏怖《いふ》される存在となる。また、彼女が私の席の真下にあった結界だか魔法陣だかを消して「ユダの魂は成仏した」と正式にアナウンスしてくれた。おかげでそれ以来、クラスメイトたちは私を遠ざけることなく、普通に接してくれるようになった。ユダの話はいつしか語られなくなり、悩みがひとつ消えて私はこの町が好きになった。

花の口からはもう、湯田光太朗の名を聞かない。だけど彼の姉から手紙をもらったようだ。どんなことが書いてあったのかはわからない。花がひきこもるのをやめて、学校に通いはじめたことを、周囲の大人たちはよろこんでいた。担任の荻野先生は私のおかげだと言ってくれて、廊下で私を呼び止めるとハグをしてくれた。いつか約束したように。

「今日からみんなの仲間になります、荒井さんです」

「荒井花です。よろしくお願いします」

ある日のバレエ教室で、拍手でむかえられながら、花は照れくさそうにしていた。

風子がおどろいたような顔で私をふりかえる。

「アリス、あの子って、花屋敷の……」

「そうだよ、ふうちゃん」

風子も私のことをアリスと呼ぶようになった。クロちゃんという呼び名は過去のものになったのだ。父と母と三人で暮らしていたときの、なつかしい名前だ。だけど今はアリスのほうがしっくりとくる。自分はもう有栖川徹子なのだ。昔のことをおもいだすと、胸がくるしいような気持ちになるけれど、不思議ともどりたいとはおもわない。

みんなが先生から指導をうけている横で、私と花だけ鏡の前にならんだ。バレエの基礎をなぜか私がおしえることになったのだ。

まずは足のポジションからやってみる。クラシックバレエでは、手を置く位置や、足を置く位置がこまかく決まっており、それをポジションと呼ぶのだ。

足の第一ポジション。踵をくっつけたまま、つま先を百八十度まで開く。私がやってみせて、花がそれを真似する。

さらにこの状態から、踵の間を一足分くらいはなす。これが第二ポジション。ア・ラ・スゴンドだ。

つづいて第三ポジションは、百八十度まで開いた足を、前後にかさねあわせる。前に来た足のかかとを、もう一方の足の土踏まずにふれさせる。花はうまくできなくて、よろめいてころびそうになっていた。

「遠いよ」

花が言った。

「何が？」

「きみとおなじくらい、踊れるようになるのが」

「すぐだよ」

「すぐって、いつ？」

「わかんない。すぐは、すぐだよ」

「大人になるより前？」

「そりゃあね」

「いそごうよ」

「あせらない、あせらない」

私はすこしずつ、時間をかけて、花に足のポジションをおしえた。そうしていると、あの夜のことをおもいだす。星空の下、駐車場の制御バーに片手をのせ、私たちはバレエの練習をした。口にはしなかったが、たぶん花もそのときのことをおもいだしている。奇妙で不思議で滑稽《こっけい》な一日だった。結果として私たちは何を得られただろう。

先生が音楽をかけた。クラシックの曲にあわせてみんなが流れるようなうごきを見せる。植物が蔦《つた》をのばすように。水面にひとつ波紋をひろげるように。

ふと鏡を見れば、私と花の姿がならんでいる。

小説版『花とアリス殺人事件』あとがき

手元の記録によれば二〇〇四年三月一三日に映画『花とアリス』は公開された。監督は岩井俊二。僕はこの映画を劇場で何度も鑑賞した。思い出深い作品である。

続編の映画『花とアリス殺人事件』のプロジェクトが公に発表されたのは、前作の公開から十年後、二〇一四年秋のことだ。ロトスコープと呼ばれる手法が用いられたアニメ映画として製作される。監督は前作とおなじく岩井俊二。

岩井監督とはこれまでに何度かお会いしたことがある。その際に映画『花とアリス』の話をしたことをおぼえていてくださったのかもしれない。今回、映画『花とアリス殺人事件』の小説版を託された。


この小説は、岩井監督の手による二つのバージョンの脚本と、絵コンテと、そしてロトスコープのアニメを作る際に使用された実写映像を参考に執筆した。ここから先はすこし内容のネタバレも含んでいる。

二つのバージョンの脚本とは、何年も前に執筆された初期の稿と、映画制作に実際に使用された完成稿である。初期の稿では主人公たちが小学生として設定され、アリスと花の出会いは小学校時代となっている。完成稿では主人公たちの年齢設定が中学生に変更されていた。

絵コンテに関しては、通常の映画のコンテと異なり、細部まで書きこまれ、台詞《せりふ》はフキダシで絵のなかにくみこまれていた。これに目を通すことで、岩井監督の目指している画面をつかむことができた。

最後に実写映像について。今回の映画はロトスコープによるアニメーションである。ロトスコープとは、モデルのうごきをカメラで撮影し、それをトレースすることによってアニメーションをつくる手法である。岩井監督はこれまでにも、いくつかのロトスコープによる短編アニメを制作、監督している。映画『花とアリス殺人事件』では、さらにその手法を進化させ、岩井監督が撮影した実写映像をもとに、3DCGと2D手描き作画のハイブリッドで制作されている。この本を執筆する際、アニメーションが重ねられる前の実写映像を拝見することができた。それはすでに仮編集の状態で尺は九〇分程度、背景の半分ほどはブルーバックだった。脚本や絵コンテにあったシーンがいくつかカットされ、映画の完成版にもっともちかい形を確認できた。

他にもキャラクターデザインのイラストや背景の絵などを参考にしながら、今回の小説版はできあがっている。物語の本筋は変えていないつもりだが、細部においてはいくつもの変更点がある。オリジナルで追加した場面もある。そのあたりを補足説明したい。

たとえば、有栖川徹子の父親の職業は、映画本編では商社マンとなっているが、この本では刑事となっている。これは完成稿の脚本に書かれていた設定を元にしている。実際に刑事設定で実写の撮影もされたというが、結果的には採用されなかった。前作の映画『花とアリス』において、有栖川徹子の父親が中国企業とやりとりしているという会話があり、刑事らしくないと判断されたのだ。しかし小説版は刑事設定をのこすことにした。このまま忘却されるには惜しいアイデアだったし、映画に採用されなかった部分を小説でひろっていくのもおもしろいかなとかんがえた。たぶんそのほうが、後の人々が岩井俊二を語るための資料にもなり得る。

小説版には湯田麻衣というキャラクターが登場する。これは初期バージョンの脚本に書かれていた人物である。初期の脚本では主人公たちの年齢設定が小学生であり、花と湯田家の姉弟との交流がいくつか描かれていた。花が見る光太朗の夢や、麻衣にタロットカードで占いをしてもらう場面、自転車で三人乗りする場面などは、初期の脚本を参考にしている。

ラスト周辺も脚本からひろいあつめた場面で構成した。黒魔術めいた儀式によって花が教室に出現する展開や、担任教師からのハグなどは、完成稿の脚本からの引用である。花がバレエ教室にやってきて、アリスが鏡の前で基本の形をおしえる場面は、初期バージョンの脚本のラストシーンである。

この小説版には、映画『花とアリス』に対する僕なりの解釈がこめられている。映画『花とアリス』は、二人で一セットの【花とアリス】という存在が、【花】と【アリス】という個へと別れてそれぞれの自己実現を達成する物語だとかんがえていた。おなじ構造を持つ作品としては小説『悪童日記』が有名だろう。映画『ミツバチのささやき』にも同様の構造はかくされている。映画『L.A.コンフィデンシャル』や、映画『おおかみこどもの雨と雪』もそうだ。

これらの作品では、ふたつの似通った存在がラストで別の道をあゆみはじめる。そのとき一方は社会的に垂直方向への自己実現を達成し、もう一方は水平方向への自己実現を達成する。前者は仕事や芸術などでステップアップして天上の住人となっていく男性的な自己実現である。後者は配偶者や恋人など愛情を得て家を繁栄させていく女性的な自己実現である。どちらかを選ぶとき、どちらかをあきらめなくてはならないというかなしさがある。いつかは別々の道を行く、ふたつの似通った存在というのは、抽象的にとらえるならば、人間という巨大な一個の【私】なのかもしれない。などという解釈を抱いていたものだから、映画『花とアリス』の前日譚《ぜんじつたん》となる小説を書くとなったら、主人公の二人が出会って【私】というものを形成する物語にしたかった。

映画『花とアリス殺人事件』は名前をめぐる物語だ。名前を失った少女もいれば、自ら名前を捨てようとした少女もいる。名前をまちがえられた老人もいれば、名前をばらまいた少年もいる。僕も別の名前で仕事をする機会がたまにあるので、それにともなう自意識のありかたについてかんがえる機会もおおい。だからこの小説を書くことは必然だった気もするのだ。

二〇一四年一二月三日　乙一

協力　花とアリス製作委員会

乙一
Otsuichi

乙一（おついち）
１９７８年福岡県生まれ。96年、『夏と花火と私の死体』でデビュー。『ＧＯＴＨ リストカット事件』『ＺＯＯ』『失はれる物語』『箱庭図書館』などがある。

花とアリス殺人事件
二〇一五年二月九日　初版第一刷発行

著者　乙一
発行者　稲垣伸寿
発行所　株式会社小学館
〒一〇一－八〇〇一　東京都千代田区一ツ橋二－三－一
編集　〇三－三二三〇－五七二〇
販売　〇三－五二八一－三五五五
DTP　株式会社昭和ブライト
印刷所　凸版印刷株式会社
製本所　若林製本工場株式会社

※造本にはじゅうぶん注意しておりますが、万一、落丁・乱丁などの不良品がありましたら、「制作局」（フリーダイヤル0120-336-340）あてにお送りください。送料当社負担にてお取り替えいたします。（電話受付は土・日・祝日を除く9時半から17時半までになります）

ISBN 978-4-09-386405-3